KB058811

최강 마도사。
무릎에 화살을
맞아서
시골 경비병이 되다
05
에조긴기츠네 지음
TEDDY 일러스트
박춘상 옮김
Illustration copyright © TEDDY

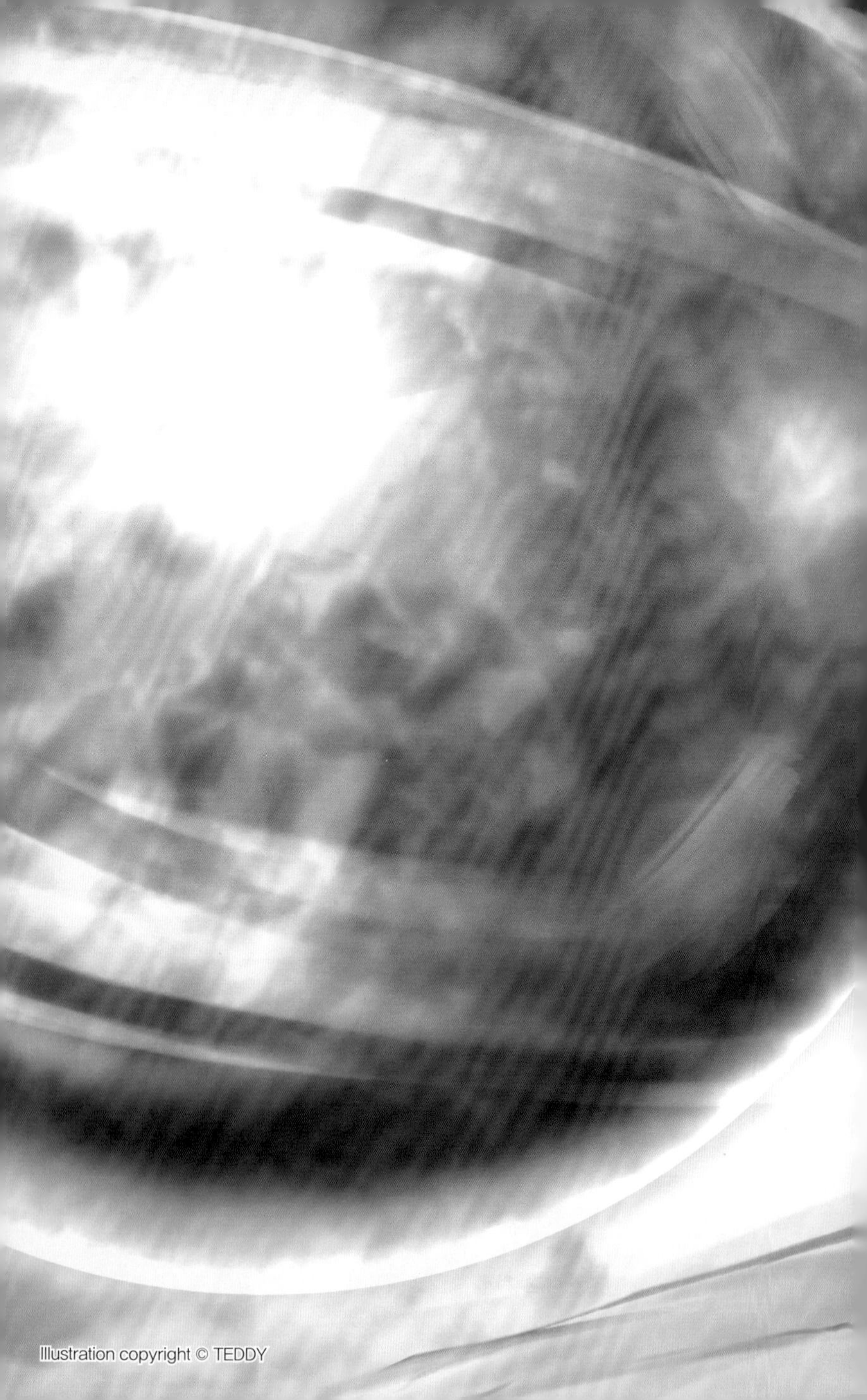

랴…

시기 쇼알라

"시기쇼알라, 천조를 하기 위해
그 구슬에 오른손을 대는 거다."

"시기 짱, 힘내…!"

RRR…
GRR…
"알 씨, 부탁합니다!!
하아아아아아아!!"

"이거나 먹도록 해라!"
"비비, 등 뒤를 맡긴다!
불사의 존재를 죽이는 화살은 맡겨둬!!
내가 전부 떨어뜨릴게!!"

최강 마도사。 무릎에 화살을 맞아서 시골 경비병이 되다

05

Contents

에조긴기츠네 지음
TEDDY 일러스트
박춘상 옮김

최강 마도사。 무릎에 화살을 맞아서 시골 경비병이 되다

05

옷을 입은 채로 온천에 들어갔던 날의 오후.

평소처럼 나는 경비병 업무를 하고 있었다. 그 옆에서는 무슨 영문인지 크루스가 책을 읽고 있었다.

크루스가 말했다.

"맞다. 알 씨, 전이 마법진을 영주의 관저와 지부에 설치하도록 하죠."

"오호? 괜찮을지도 모르겠군."

"그쵸! 비비 짱은 어떻게 생각해? 마법진 좀 만들어 줄 수 없을까?"

평소처럼 땅바닥에 마법진을 그리고 있던 비비가 일어섰다.

비비가 크게 기지개를 켰다.

그에 반응했는지 모피가 다가가서 코를 들이밀었다.

"글쎄. 그리 품이 드는 일도 아니니 상관없느니라."

"고마워."

크루스가 기뻐하며 감사 인사를 했다.

비비가 모피를 쓰다듬었다. 모피는 그 손길을 좋아하는 듯했다.

"대관소와 지부에 전이 마법진이 있으면 언제든지 오갈 수 있으니 대관과 관리들도 바짝 긴장하며 일할지도 모르겠군."

"알 씨, 역시 잘 아네요. 바로 그게 제 노림수예요. 불시 시찰 같은 것도 쉽게 할 수 있을 테니까요~."

크루스도 열심히 생각하고 있는 듯했다.

본인의 영지에서 대관보좌에게 실컷 이용당했던 것이 어지간히도 충격이었나 보다.

크루스는 원래부터 노력가에 성실한 편이니까.

모피를 쓰다듬으면서 비비가 말했다.

"근데 마법진을 새길 만한 적당한 아이템은 있는 게냐?"

"으음……."

크루스가 마법 가방을 뒤적이기 시작했다.

모습을 보아하니 적당한 물건이 보이지 않는 모양이다.

"랴!"

내 어깨 위에 앉아 있던 시기쇼알라가 크루스 쪽으로 파닥파닥 날아갔다.

"시기 짱, 왜 그래?"

시기가 크루스의 머리 위에 올라탔다.

시기는 크루스의 마법 가방을 장난감 상자쯤으로 인식하고 있겠지.

그래서 크루스가 가방을 뒤적이고 있으니 자기와 놀아주는 줄로 착각한 모양이다.

참고로 시기는 내 마법 가방을 음식 창고쯤으로 여기고 있다.

그래서 배가 고프면 내 마법 가방을 뒤적이곤 한다.

"이건 어떨까~?"

"아니, 무리야."

"랏랴!"

크루스가 꺼낸 물건은 접시였다. 무려 미스릴로 만들어진 접시였다.

접시를 미스릴로 만들어야만 하는 필연성을 모르겠다. 아무리 생각해도 소재를 낭비한 것 같다.

"접시는 무리구나."

"접시 자체가 안 된다기보다는 크기가 어느 정도 크지 않으면 안 되는 게야. 마법진을 작게 만들기가 어렵다는 걸 알지 않느냐?"

"랏랴~."

시기가 접시를 들고서 붕 떠올랐다.

장난감쯤으로 여기고 있는 듯하다. 떨어뜨려도 깨지지 않으므로 미스릴은 장난감 소재로 적합할지도 모르겠다.

그러나 접시를 가지고 노는 것은 버릇없는 행위다.

"시기. 접시를 가지고 놀면 안 됩니다."

"랴?"

"안 돼~."

"……랴아."

시기가 조금 실망한 표정으로 접시를 원래 위치로 되돌렸다.

아주 똑똑하고 장하다.

"잘했어."

"랏랴!"

칭찬해 주자 시기가 기뻐하며 울었다.

한편 크루스는 아직도 가방을 뒤적이고 있다.

"용의 비늘은 요전에 쓴 적이 있었지~."

"예전에 쓴 물건도 상관없는데……."

"엥~. 그럼 비비 짱의 마음을 두근거리게 할 수가 없잖아?"

"이 몸은 마법진의 토대로 설렘을 추구하지 않는다만."

"엇?"

"랴?"

크루스가 믿기지 않는다는 표정으로 비비를 쳐다봤다.

덩달아서 시기까지 비비를 쳐다봤다.

"뭐, 뭐냐?"

"비비 짱은 설렘이 최우선인 줄 알았어~."

"이 몸은 알과 다르니라. 설렘보다도 실리를 추구하느니라."

"그랬구나~."

"아니, 나 역시 설렘을 별로 추구하지는 않는데."

골렘 제작 때를 제외하고는 설렘을 추구한 적은 없었던 것 같다.

기본적으로 나는 실리를 최우선으로 삼는 마도사다.

크루스가 가방에서 방패나 비늘 같은 것들을 꺼내기 시작했다.

"그 방패, 미스릴?"

"예. 이건 미스릴제고, 이쪽은 미스릴과 오리하르콘이 섞여 있어요."

"크루스여, 그대가 전투를 벌일 때 방패를 쓰는 모습을 본 적이 없는 것 같다만.”

“그러네. 거의 안 쓰네~.”

“방패를 쓰지 않는데 왜 그토록 많이 갖고 있는 게냐?”

“가끔은 쓸 일이 있을 것 같아서?”

나도 크루스가 방패를 사용하는 모습은 거의 본 적이 없다.

그나마 예전에 봤을 때는 방패를 적에게 날려서 공격했다.

방패를 제대로 사용한 모습을 본 적은 없을지도 모른다.

“비비 짱, 이 아이템에는 마법진을 그릴 수 있어?”

“음. 이 아이템이라면 소재도 괜찮고, 크기도 충분하구나.”

“아싸~. 부탁할게!”

“맡겨두거라.”

비비는 바로 마법진 작성 작업에 들어갔다.

전이 마법진은 난도가 대단히 높은 마법진이다. 복잡할뿐더러 기술해야 하는 분량도 꽤 많다.

비비는 시종일관 진지했다.

“랴~?”

“뭇모.”

시기와 모피가 비비에게 접근하려고 하자 내가 저지했다.

집중력이 필요한 작업이다. 방해하면 안 된다.

“시기랑 모피도 방해하면 안 돼.”

“랴?”

“뭇?”

시기와 모피가 어리둥절해했다.
펨이 시기와 모피에게 다가갔다.
"와후."
"랴?"
"모우."
펨이 시기와 모피에게 뭐라고 말하고서 어디론가 데려갔다.
두 어린 마수를 돌봐 줄 모양인가 보다. 마음씨 착한 늑대다.
"그럼 난 골렘이나 제작해 볼까."
"골렘 말입니까?"
"어. 방어용 골렘도 필요할 것 같아서."
"마력을 써도 괜찮겠어요?"
"골렘 제작 정도는 괜찮아. 골렘을 마법으로 띄우기라도 하지 않는 한."
"그렇구나~."
버밀리에가 만들어 준 견본을 떠올리면서 골렘을 제작했다.
처음에는 농사용 골렘을 하나 만들었다. 가벼움과 섬세한 동작성을 중시했다.
그다음은 방어용 골렘 차례다. 지난번에 제작했던 미스릴 골렘의 강화판이다.
지난번에 제작했던 골렘도 가까운 시일에 완전 방어용으로 전환해 두기로 생각했었다.
그렇게 방어용 골렘 세 기를 완성했다.

"굉장해요! 빠르네요!"

"지난번에 제작한 적이 있고, 견본도 있으니까."

"그건 그렇다 치고 알씨, 일단 상처 난 부위 좀 보여주세요."

크루스가 무릎을 확인해 줬다.

마력을 소비했으니 살피고 있는 거겠지.

"괜찮은 것 같습니다!"

"고마워."

그렇게 말해 주니 안심이 된다.

크루스가 무릎 속에서 성장하는 흉흉한 기운을 감지할 수 있어서 무척 도움이 된다.

바로 그때 비비가 일어섰다.

"다 됐다."

"거짓말이지?"

"무엇이 말이냐?"

비비가 어리둥절해했다.

전이 마법진은 어렵다. 숙련된 마도사일지라도 보통은 한 달은 족히 걸려야만 완성할 수 있다.

이렇게나 빨리 제작할 수 있을 만한 마법진이 아니다.

나는 비비가 그린 마법진을 봤다.

"……진짜 완성했네."

"그러니까 완성했다고 하지 않았느냐."

"비비 짱, 고마워!"

"아직 하나밖에 완성하질 못했는데!"

비비의 마법진 작성 기술이 급성장하고 있는 듯하다.

뒤처지지 않도록 나도 전이 마법진 제작을 거들었다.

멀리서 마수들이 마력탄을 쏘면서 쥐를 사냥하고 있었다.

비비와 함께 전이 마법진을 열심히 제작하다 보니 어느새 저녁 시간이 됐다.

영주 관저와 네 군데의 대관소 지부에 마법진을 설치할 작정이니 모두 합쳐서 5개의 마법진이 필요하다.

놀랍게도 비비는 저녁을 먹기 전에 모조리 완성해 버렸다.

나는 저녁식사를 하면서 비비에게 말했다.

"전이 마법진 다섯 세트를 다 완성하다니, 비비는 참 대단해."

"알이 거들어 준 덕분에 큰 도움이 됐느니라."

내가 도와줬다고 해도 저녁식사 전까지 완성하기란 어렵다.

비비의 역량이 범상치 않다는 증거다.

저녁밥을 먹고 있는 버밀리에도 고개를 연신 끄덕였다.

"비비는 정말로 대단한 마도사가 다 됐구나."

"그렇지 않느니."

"아니, 그렇고말고. 이미 이 몸을 뛰어넘었는지도 모르겠구나."

"언니를 이기기에는 아직 멀었느니."

그렇게 말하면서도 비비는 겸연쩍어했다.

버밀리에가 비비의 머리를 부드럽게 쓰다듬었다. 우애 깊은 자매의 모습을 보고 있으니 아주 흐뭇하다.

"랏랴."

그 광경을 보고서 자극을 받았는지 시기쇼알라가 파닥파닥 날아갔다.

시기가 버밀리에와 함께 비비의 머리를 쓰다듬었다. 아주 귀엽다.

나는 버밀리에에게 물었다.

"내일에라도 전이 마법진을 옮길까 하는데 도비한테 도움을 부탁할 수 있을까?"

"도비 말이냐? 일단 물어보긴 할 테지만 아마 괜찮겠지."

"도비 짱은 린드발 숲을 순찰하느라 바쁘지 않아?"

크루스의 물음은 아주 타당하다. 도비는 린드발 숲을 순찰하는 역할을 맡고 있기 때문이다. 그 임무를 방해하는 것 같아 미안했다.

그러나 버밀리에가 웃으며 대답했다.

"숲을 매일 순찰해야만 하는 것은 아니다. 뭐, 도비는 착실해서 매일 순찰을 돌아주고 있긴 하다만."

"그래? 그렇다면……."

내가 다시금 부탁하려고 한 순간 모피가 목소리를 높였다.

"못모~~!!"

"모피, 왜 그래?"

[모피, 옮긴다.]

염화로 말하면서 모피가 내 배에 코를 들이밀었다.

모피는 염화를 거의 사용하지 않는다. 더욱이 염화를 쓰더라도 짤막하게 말한다.

모피가 염화를 썼다면 자신의 뜻을 반드시 전하고 싶다는 뜻이다.

"모피가 옮겨줄 건가?"

"모우모!!"

[모피가 타주길 바라고 있다.]

펨이 모피의 속내를 알려줬다.

그러고 보니 요 며칠 동안 모피를 타지 않은 것 같긴 하다.

"모피, 그런 거야?"

"모~~."

모피가 내 배에 코를 들이밀었다.

아마도 도비를 타고서 돌아다니는 편이 빠르겠지. 그러나 도비는 바쁘고, 모피도 절실히 바라고 있다.

그렇다면 모피가 바라는 대로 해주는 편이 나을지도 모르겠다.

"그럼 모피한테 부탁해볼까."

"못모!!"

"버밀리에. 미안하지만 일이 이렇게 돼서……."

"상관없느니라. 도비는 사람을 태우는 걸 싫어하지는 않으나 모피만큼 좋아하지는 않으니 말이다."

모피가 이상하리만치 남을 태우는 걸 좋아하는 거겠지.

이튿날 마법진을 가지고 영주 관저 등 각지를 돌아다니기로 했다.

잠에 들기 전에 유리나가 내 방에 와줬다.

왼쪽 무릎을 진찰하기 위해서다.

"아, 조금 성장했어요."

"그래? 그거 나쁜 소식이군."

"마법을 쓴 거죠?"

"골렘을 몇 기 제작했고, 비비가 마법진을 제작하는 걸 좀 거들었을 뿐이야."

유리나가 고개를 갸웃거렸다. 그러고는 왼쪽 무릎을 어루만졌다.

"으~음. 일반 마도사한테는 아주 막중한 작업일지도 모르겠지만, 알한테는 마력을 거의 쓰지 않는 작업이겠죠."

"마력을 거의 쓰지 않았다는 말은 과언이긴 하지만, 여유로웠다는 것만은 확실하지."

"마력을 소비하지 않아도 서서히 성장하는 건지도 모르겠네요."

"그거 무서운 말이군."

그 소리를 듣고 있던 크루스가 왼쪽 무릎을 어루만져 줬다.

"제 손길이 부족했던 것 같네요~."

"아니, 크루스가 어루만져 준 덕분에 성장 속도가 지연된 거겠지."

"그런가~? 앞으로는 더 많이 만져줄게요!"

크루스가 그렇게 말해줬다. 아주 든든하다.

"크루스도, 유리나도 고맙다."

한편 모피는 하나도 안 아픈 오른쪽 무릎을 날름날름 핥고 있었다.

이튿날 아침. 나와 크루스, 비비는 모피, 펨과 함께 출발 준비를 했다.

목적지는 영주 관저다.

근처에 있는 대관소 지부를 들렀다 가는 편이 낫겠지만, 대관보좌가 아직 취임하지 않아서 뒤로 미루기로 했다.

"누굴 대관보좌로 임명할지 논의도 해봐야겠군."

"예. 토지 조사도 지체됐으니 서둘러야겠네요."

모피는 이미 흥분하여 빙글빙글 돌고 있었다.

어서 자신의 등에 타주길 바라고 있는 거겠지.

밀레트와 콜레트가 배웅을 나와 줬다.

"알 씨, 이거 도시락이에요."

"밀레트, 고맙다."

"아찌! 빨리 돌아와야 해."

"돌아올 때는 마법진을 타고 올 테니 금방이야."

나는 그렇게 말하며 콜레트의 머리를 쓰다듬었다.

내 품에서 시기쇼알라가 고개를 내밀었다.

"랏랴."

"시기 짱도 조심해."

"랴~."

콜레트가 쓰다듬어 주자 시기가 기뻐하는 듯했다.

시기는 이제 날 수 있게 됐는데도 아직도 내 품이 더 좋은가 보다.

어디 있나 싶으면 어김없이 내 품에 들어와 있다.

인사를 마친 뒤 나는 펨에, 비비는 모피에 올라타고서 출발했다.

그리고 크루스는 본인 다리로 달려가기로 했다.

"크루스, 괜찮겠나?"

"여유로워요."

크루스가 자신만만해했다.

그리고 우리는 이동을 시작했다.

펨과 모피 모두 꽤 빠른데도 크루스는 전혀 뒤쳐지지 않았다.

"크루스는 정말로 굉장하네."

"에헤헤."

"마왕을 토벌했을 때보다 발이 더 빨라진 거 아냐?"

"그런가요~?"

나와 파티를 맺고서 활동했을 적에는 나도 따라갈 수 있는 수준이었다.

지금은 무릎이 멀쩡하더라도 크루스를 쫓아가기가 버거울지도 모르겠다.

크루스는 아직도 나날이 성장하고 있다. 장래가 무섭다.

"못모~."

"모피는 활기차네~."

"와후."

모피는 열심히 달리고 있다. 달릴 수 있어서 기쁜가 보다.

펨도 달가워하는 눈치다. 개과 동물은 산책을 좋아하니 달리기 역시 좋아하겠지.

"알 씨, 저 앞에 보여요!"

"의외로 빠르군."

도중에 몇 차례 쉬긴 했지만, 오후 즈음에는 영주 관저에 도착했다.

우리가 영주 관저로 접근하자 관리 중 하나가 알아차렸다.

황급히 대관을 부르러 갔다.

잠시 뒤 영주 관저에서 대관이 불안해하는 표정으로 나왔다.

"백작 각하. 오늘은 대체……."

"헉헉, ……그게 말이야, 헉헉."

역시나 크루스도 숨을 헐떡였다.

펨과 모피와 함께 말보다도 빠르게 달려왔으니.

"헥헥헥."

"하아하아."

펨과 모피도 숨이 거칠다.

여정의 종반부에는 흥이 올랐는지 경주하듯 뛰었다.

꽤 전력으로 달렸으니 당연히 이렇게 될 수밖에.

"펨이랑 모피도 고생했군."

"역시 대단하구나."

체력을 회복시키기 위해서 나와 비비는 등에서 내려 마수들을 쓰다듬어 줬다.

그리고 한편으로는 숨을 미처 가다듬지 못한 크루스를 대신하여 대관에게 설명했다.

"오늘은 전이 마법진을 갖고 왔습니다."

"전이 마법진이라면 대도시와 대도시 사이에 설치되어 있다는 그 전이 마법진 말입니까?"

"예. 백작 각하께서 빠르게 오갈 수 있으니 편리하겠지요."

대관이 몹시 놀란 눈치였다.

보통 전이 마법진은 국가가 대도시 사이에나 설치하는 물건이다.

설령 영주일지라도 쉽사리 설치할 수는 없다.

법으로 금지해서 설치하지 못하는 게 아니다. 주로 경제적인 이유 때문에 설치하지 못한다.

전이 마법진은 그만큼 값비싸다.

"그나저나 실례입니다만, 당신은……?"

"요전에도 왔었던 알라야."

크루스가 소개해 줬다. 숨을 다 가다듬은 모양이다.

펨과 모피는 아직도 숨이 거칠건만 회복이 참 빠르다.

역시 용사다.

"지난번에는 가면을 쓴 채로 대화를 나눴군요. 실례가 많았습니다."

"아아, 그렇군요! 아뇨아뇨, 알라 님. 앞으로도 잘 부탁드리겠습니다."

대관과 나는 서로 고개를 숙였다.

요전에는 늑대 가면을 벗지 않았으므로 대관에게 맨얼굴을 보이는 것은 이번이 처음이다.

대관이 응접실로 안내해줬다.

모피와 펨은 당연하다는 듯이 따라왔다.

"으음……."

"대관, 왜 그래?"

"아뇨, 아무 것도 아닙니다."

대관이 펨과 모피를 보더니 무언가 할 말이 있는 듯했다.

보통은 영주 관저에 소와 늑대가 들어올 수 없다. 당혹스러워할 만도 하다.

그러나 관저 주인인 크루스가 태연하기에 받아들이기로 한 모양이다.

대관을 제외한 관리들이 자리를 비켜준 뒤 다시금 자기소개를 했다.

"알라라고 불리는 것도 사실이긴 합니다만, 흔히들 자작 알프레드 린트라고 부릅니다."

"오오! 저 같은 미천한 사람조차도 그 명성은 익히 들어 알고 있습니다. 백작 각하와 같은 파티에서 활약했던 마도사 각하셨군요. 어째서 가명을?"

"알라라는 이름은……, 굳이 따지자면 가명은 아닙니다만."

나는 고대룡에게서 '라' 이름을 받은 사실과 현재 은둔하고 있음을 대관에게 밝혔다.

대관이 진지한 표정으로 수긍했다.

"그런 사정이 있었군요. 잘 알겠습니다. 알라 씨가 린트 자작 각하라는 사실은 비밀로 해두겠습니다."

"배려 감사합니다."

"랏랴!"

내 품속에서 시기쇼알라가 고개를 쑥 내밀었다.

대관을 보면서 날개를 파닥거리고 있다.

시기쇼알라는 대관과 초면이 아니다. 그러나 정식으로 소개한 적은 없다.

"이 아이는 시기쇼알라, 고대룡 대공의 공자입니다. 머지않아 대공으로 천조할 예정이죠."

"그, 그거…… 축하드립니다."

"랴!"

시기가 신나게 고개를 끄덕였다.

그 광경을 보고 있던 비비가 가슴을 펼치며 말했다.

"참고로 이 몸의 이름은 비비 린드발이니라."

"린드발 씨, 잘 부탁드리겠습니다."

"그리고 이 귀여운 소는 모피라고 하고, 저기 방심을 용납하지 않겠다는 표정을 짓고 있는 마수는 펨이라고 하느니라."

"모, 모피 씨와 펨 씨. 잘 부탁합니다."

[안녕.]

[잘 부탁한다]

"읔!"

염화로 대답할 줄은 예상치 못했는지 대관이 화들짝 놀랐다.

한바탕 자기소개를 하고 있는 동안에 크루스는 차를 벌컥벌컥 들이켜고 있었다.

무르그 마을에서 달려와서 목이 타는가 보다.

"하읍하읍."

"묫후묫후."

펨과 모피에게도 대야에 담긴 물을 내줬다. 벌컥벌컥 마셔댔다.

차를 다 마신 뒤 크루스가 한숨을 돌리고서 말했다.

"그러고 보니 영주 관저에 영주 집무실 같은 건 없습니까?"

"일단 있습니다. 사용하기에는 좁은 방이긴 합니다만……."

"아무도 사용하지 않는다니 마침 잘 됐어요. 마법진을 거기에 설치하죠!"

대관의 안내를 받아 영주 집무실로 향했다.

책상 하나만이 달랑 놓여 있는 작은 방이다. 아무도 사용하지 않는 듯하지만, 먼지는 쌓여있지 않다.

청소를 꾸준히 하고 있겠지.

"마법진을 설치하기에는 충분한 넓이로군."

"그러네요. 여기에다가 설치해 버리죠!"

크루스가 마법 가방에서 전이 마법진이 새겨진 방패를 꺼냈다.

그리고 재빨리 마법진을 기동했다. 크루스도 마법진 기동만은 할 줄 안다.

"이제 됐어!"

"일단 이 방에 방어 마법진을 그려 놓겠다."

"비비 짱, 부탁할게."

"괘념치 말거라."

비비가 방어 마법진을 벽과 바닥, 천장에 새긴다.

이로써 이 방이 파괴될 위험성이 낮아졌다. 대관 측에서 마법진을 망치고자 파괴하려는 시도를 방지하는 의미도 있다.

"아, 그렇구나. 모처럼 왔으니 영주 관저에도 방어 마법진을 새겨 주마."

"어, 괜찮아?"

"음. 사전에 준비를 하지 않은지라 경비병 처소보다는 방어력이 약하겠지만."

"그래도 고마워!"

비비가 관저 밖으로 나가서 벽에 방어 마법진을 부지런히 새겨 나갔다.

이로써 어지간한 재해가 닥쳐오든, 산적들이 습격하든 이 관저는 버텨낼 수 있겠지.

"못모."

비비의 뒤를 모피가 졸졸 따라다녔다.

방어 마법진 작성을 비비와 모피에게 맡겨 두고서 크루스는 대관과 회의를 벌였다.

"경질된 대관보좌의 후임을 결정해야만 할 것 같아서……."

"백작 각하의 말씀이 옳습니다. 시급히 세금 조정도 다시 실시해야만 하니."

"대관보좌는 그 지역에서 뽑는 게 관례라고 하죠? 후보자는 있습니까?"

"후보자가 몇 명 있습니다만, 차마 결정하기가 어려웠습니다. 그래서 올해는 경질된 대관보좌의 업무를 제가 함께 수행하려고 합니다만……."

대관보좌를 새롭게 임명할 만한 시간적인 여유가 없는 건 확실하다.

다만 그런 이유로 대관에게 대관보좌를 겸임케 하는 건 체력에 큰 부담을 지우는 게 아닐까.

고령의 대관이 걱정이 되어 나는 물었다.

"괜찮겠습니까?"

"비상사태이니 올해만이라면……. 게다가 후보자들을 부하로 부려보고서 자질과 품성을 살펴볼까 합니다."

"과연, 그 방안이 확실히 효율적일지도 모르겠네요."

크루스가 그 소리를 듣고서 진지한 얼굴로 생각에 잠겼다.

생각에 잠긴 채로 줄곧 펨의 머리를 헝클어뜨리고 있다.

"와후후?"

"으~음……."

펨이 당황했지만, 크루스는 일사불란하게 헝클어뜨렸다.

그리고 머리를 헝클어뜨리면서 입을 열었다.

"그렇다면 제가 대관 업무를 하죠!"

"어? 크루스 방금 뭐라고?"

"그러니까 제가 대관 업무를 대행할게요!"

원래 영주의 업무를 대행하는 자가 대관이다.

그러니 영주가 본인의 업무를 스스로 수행하겠다는 것뿐이다.

그러나 불안해진다.

"크루스, 정말로 괜찮겠나?"

"예! 열심히 할게요!"

대관보좌 업무는 크루스에게는 어려울 것 같다. 토지 조사를 어떻게 해야 하는지도 모른다.

그리고 대관 업무 역시 크루스가 수행하지 못할 것 같다.

"크루스, 대관 업무라고 해야 하나, 영주 업무를 할 수 있겠어?"

"괜찮아요. 열심히 할게요!"

크루스가 의욕을 보이고 있다. 의욕이 있다는 건 좋은 일이다.

그러나 의욕만으로 무리한 일을 가능케 할 수는 없다.

이 세상에는 열심히 해서 이루어지는 일이 있고, 이루어지지 않는 일이 있다.

"대관은 전문직이야. 중앙에서 임시로 전직 관료를 고용하는 편이 낫겠다."

"각하. 저도 그렇게 생각합니다."

"……알겠습니다. 알 씨랑 대관이 그렇게까지 말한다면."

크루스가 납득한 듯하다.

결국 대관 업무를 대행해줄 만한 관료를 왕도에서 급히 고용하기로 결정했다.

왕도에서 대관대행을 고용하기로 결정한 뒤 나는 영주 관저 밖으로 나갔다.

비비와 모피를 보기 위해서다.

참고로 크루스는 진지한 표정으로 관련 서류들을 훑어보고 있어서 놔두고 왔다.

"비비, 얼마나 더 걸릴 것 같아?"

"조금만 더 하면 끝이니라."

비비가 외벽에 마법진을 멋들어지게 그리고 있었다.

한편 모피는 비비를 방치하고서 관저를 에워싼 숲속에서 놀고 있었다.

일단 비비가 보이는 위치에 있으니 호위로서 문제가 없다고 판단했는지도 모르겠다.

"못모."

"모피는 뭘 하고 있지?"

"모오오오오~~."

……주륵, 조르르르.

냄새를 킁킁 맡고 나서 모피가 쉬를 하기 시작했다.

자기영역을 표시하려는 게 틀림없다.

짐승으로서 이 지역의 권리를 주장할 작정이겠지.

"펨. 모피는 열심히 하고 있어."

[무슨 소리냐?]

"저렇게 자기영역을 확실히 주장하고 있어."

[아까 물을 하도 많이 마셔서 그저 마려웠을 뿐이야.]

"못모!"

모피는 충분히 만족했는지 이쪽으로 돌아왔다.

당당한 발걸음이다. 짐승으로서 이 지역의 주도권을 쥐고 있다는 자부심을 느끼고 있는지도 모르겠다.

"한 번 봐봐, 저 당당한 모습을. 단순한 생리현상만이아닌 건 명백해."

[그렇게 보이질 않는다.]

"모피는 자기영역을 주장하여 치안을 유지하려는 생각이겠지."

[모피의 오줌은 마력 농도가 짙어서 오히려 마수들이 더 꼬일 거다.]

그러고 보니 그런 일도 있었지. 그러나 그건 예외다.

시기쇼알라의 어머니인 지르니드라 대공이 도래한 바람에 마수들이 쫓겨나갔다.

그 결과 먹잇감이 줄어들어서 성수(聖獸) 모피의 오줌에 마수들이 꼬이게 됐다.

"아니, 그래도 성수는 강하니까 일반 마수들은 경계할 거 아냐?"

[모피는 초식성이라서 위압감이 떨어진다.]

듣고 보니 그런 것 같기도 하다.

린드발 숲에서도 마수들은 주로 펨을 경계했다.

그러나 모피는 그다지 경계하지 않았다.

"……그렇다면 펨이 자기영역을 주장하고 와줘."

[와후?]

"육식성이자 마천랑(魔天狼)인 펨이라면 마수도 겁을 집어먹고서 접근하지 않을 거 아냐?"

[그야 그렇긴 하다. 펨은 강하니까.]

"그러니까 쉬 좀 해줘."

[싫다.]

펨은 인색하다.

주변에 오줌을 살짝 갈겨주기만 하면 되는 것을.

"못모~."

"모피는 장하네."

"모?"

모피 나름대로 영주 관저가 보다 안전해질 수 있도록 신경을 써준 거겠지.

그래서 잔뜩 칭찬해 줬다.

모피는 기분이 좋은지 머리를 들이밀었다.

"하지만 마수가 접근하기라도 하면 곤란한데. 펨이 쉬를 좀 해 주면 안심이 될 텐데 말이지~."

나는 그렇게 말하고서 펨을 힐끔힐끔 쳐다봤다.

펨이 씩씩거렸다.

[싫다.]

"마수가 접근하기라도 하면 곤란한데~."

[그럴 일은 없다.]

"어째서지?"

[티미가 이곳에 왔었다. 그래서 냄새가 아직 남아 있다. 그 냄새만으로도 마수들이 줄행랑을 칠 거다.]

티미쇼알라 앞에서 겁을 먹었던 펨이 말하니 설득력이 느껴진다.

도비와 펨은 모두 강력한 마수다. 그러나 티미 앞에서 굉장히 벌벌 떨었었다.

일반 마수라면 한동안 접근조차 하지 않겠지.

"랏랴!"

"시기도 쉬 좀 할래?"

"랴~~!"

시기가 내 품속에서 나오더니 파닥파닥 날아올랐다.

그러나 쉬는 하지 않고 그저 주변을 돌아다니기만 했다.

바로 그때 비비의 목소리가 들려왔다.

"다 끝났느니라~."

"오오, 고마워. 이제 안심이군."

"음. 재해가 닥쳤을 때 부서지지 않는 거점이 될 만한 곳이 필요하니."

비비도 여러모로 생각해 주고 있다. 아주 고마운 일이다.

다 끝났다는 목소리를 들었는지 크루스가 나왔다.

"아, 끝났네요."

"음. 아까 전에도 말했지만, 경비병 처소보다는 방어력이 낮다. 과신은 금물이니라."

"그래도 엄청 요긴할 거야~. 고마워, 비비 짱."

"에헤헤."

크루스가 고마워하자 비비가 겸연쩍어했다.

그때 누군가가 우리 뒤에서 말을 걸어왔다.

남성 노인이다. 물론 인기척을 방금 알아차린 것은 아니다.

누군가가 다가오고 있음을 상당히 전부터 우리 모두 알고 있었다.

몸놀림을 보니 전투 훈련을 받은 자가 아니다. 평범한 마을 사람이겠지.

"저기~. 여기가 대관님이 계신 저택이 맞습니까?"

"맞아요. 무슨 용건인가요?"

크루스가 웃으며 응대했다.

정확히 말하자면 대관의 저택이 아니다. 그러나 실질적으로는 대관의 저택이나 마찬가지다.

명칭은 영주 관저이지만, 영주는 늘 자리를 비운다.

상주하고 있는 사람은 바로 대관이다.

그러니 영민 입장에서는 대관 저택이라고 인식하는 게 자연스럽다.

소녀 크루스가 상냥하게 웃으며 맞이하자 마을 사람은 안도한 듯했다.

“저기, 대관님께 부탁드릴 게 있어서…….”

“아, 진정(陳情)을 하러 왔군요.”

“예. 그렇습니다. 연락도 없이 급히 와서 대단히 송구스럽습니다만…….”

“아뇨, 아뇨, 개의치 말아주세요. 이쪽으로~.”

크루스가 마을 사람을 안내하며 관저 안으로 들어갔다.

나와 비비, 펨과 모피도 따라갔다.

“으음…….”

“왜 그럽니까?”

펨과 모피가 당연하다는 듯 관저에 들어오자 마을 사람의 얼굴이 굳어졌다.

크루스가 마을 사람을 보며 웃어 보였다.

마을 사람은 대관과 똑같은 반응을 보였다. 짐승, 더욱이 소와 늑대가 영주 관저에 들어오는 모습을 본다면 대개 이렇게 반응하겠지.

응접실에 들어가기 전에 크루스가 지나가던 관리에게 말했다.

“아, 미안한데요. 차를 좀 내오면 좋을 것 같은데.”

"분부 받잡겠습니다."

관리가 씩씩하게 대답하고서 잰걸음으로 어디론가 가버렸다.

응접실에 들어간 뒤 크루스가 입을 열었다.

"자, 그럼 용건을 들려주세요~."

"저기, 대관님을 만나 뵐 수 없겠는지요……."

"대관은 지금 중대한 용건이 있어서 자리를 비웠습니다."

"……그렇, 습니까."

마을 사람이 노골적으로 실망했다.

대관이 아닌 이런 소녀에게 진정을 해봤자 무슨 의미가 있겠냐고 생각하는 듯했다.

나는 마을 사람에게 들리지 않을 만한 목소리로 크루스의 귀에 대고서 물었다.

"어라? 대관은 어디 간 거야?"

"왕도에 갔습니다. 당장 대관대리를 해줄 만한 사람을 구하러 갔어요."

아마도 대관은 전이 마법진을 타고서 왕도로 간 듯하다.

무르그 마을을 경유하여 크루스의 관저로 가면 바로 그곳이 왕도다.

"일처리가 빠르네."

"예. 서두르지 않으면 안 되니까."

크루스의 판단이 옳다.

대관대리를 할 만한 인재는 전문지식을 갖춘 특별한 인재다.

인맥이 있는 대관이 찾으러 가는 편이 여러모로 빠르다.

나나 크루스가 찾으러 나서본들 시간만 더 걸릴 뿐이다.

"괜찮아요. 대관한테 확실히 전할 테니까."

"……예."

크루스가 재촉하자 마을 사람이 용건을 서서히 털어 놓기 시작했다.

대관보좌가 작년보다 더 높은 세금을 부과해서 곤혹스럽다는 내용이었다.

그 마을은 경질된 대관보좌가 담당했던 지역이었다.

"안심해 주세요. 그 문제는 영주도 파악하고 있습니다."

"그렇습니까?"

"예. 그 대관보좌는 경질됐습니다. 머지않아 대관을 직접 파견하여 토지 조사를 다시 실시할 예정이니 잠시만 기다려 주세요."

"그, 그 말이 참말입니까?"

"예. 민폐와 걱정을 끼쳐드려서 죄송합니다."

"그게 사실이라면 아주 다행입니다."

"과도한 세금 말고도 대관보좌가 민폐를 끼쳤다면 무엇이든 말해 주세요."

"예. 그렇게 말해 주니 고맙습니다."

마을 사람이 입으로는 그렇게 말했지만, 아직 기뻐하는 눈치는 아니었다.

당연하다.

대관 본인에게서 언질을 받아낸 것이 아니다.
바로 그때 관리가 차를 내왔다.
"백작 각하. 오래 기다리셨습니다."
"고마워."
"황공합니다."
관리가 모두에게 차를 내주고서 방을 나갔다.
참고로 펨과 모피에게도 미지근한 물이 담긴 대야를 내줬다.
"저기……."
"왜 그럽니까? 아, 모처럼 끓여왔으니 어서 차를 드세요. 맛이 떨어지지는 않을 거예요."
"아까 저분이 백작 각하라고……."
"아, 자기소개를 아직 안 했네요. 전 백작 크루스 콘라딘입니다."
"히익……!?"
마을 사람이 화들짝 놀라 이상한 소리를 냈다.
그러고는 의자에서 펄쩍 내려와 넙죽 절을 했다.
"대, 대단히 실례했사옵니다!!"
"후아!"
크루스도 깜짝 놀라 안절부절못했다.
그리고 도움을 요청하듯 이쪽을 쳐다봤다.
그래서 나는 노인의 몸을 정중히 일으켰다.
"노인 분, 안심하세요. 아무 문제도 없어요."
"제가 대단히 큰 무례를……."

"괘념치 말아 주세요."

크루스가 그렇게 말하고서 고개를 숙였다.

"이번에 제 불찰 때문에 영내에 사는 모든 분들께 민폐를 끼쳐 드렸습니다."

"아뇨, 말도 안 됩니다! 백작 각하의 불찰이라니요! 당치도!"

엄청나게 떨고 있다.

마을 사람이 영주를 만날 기회는 거의 없다.

영주 아래에 있는 대관을 만날 때도 몹시 긴장하기 마련이다.

대관에게도 그러할진대 영주는 문자 그대로 구름 위에 사는 사람이다.

나는 부드러운 투로 마을 사람에게 말했다.

"백작 각하께서는 문제를 파악하고 계십니다. 그 대관보좌는 처벌을 받았습니다. 세율도 적정한 수준으로 조정할 겁니다."

"감사합니다, 감사합니다."

내가 기껏 몸을 일으켰건만 마을 사람이 또 몸을 숙이며 절을 했다.

크루스도 함께 마을 사람을 일으켰다.

"이제 괜찮으니 안심하세요."

"예……."

"만약에, 또 문제가 벌어진다면 언제든지 영주 관저, 아, 여기로 와주세요. 만약에 대관이 제대로 처리해 주지 않는다면 무르그 마을에 호소해도 되고요."

“무르그, 마을 말입니까?”

“예. 알라……, 제 오른팔이 무르그 마을에 있거든요.”

“그렇습니까? 감사합니다.”

마을 사람은 고개를 연신 숙이고서 돌아갔다.

진정을 하러 온 마을 사람이 돌아가자 크루스가 콧김을 씩씩거렸다.

거들먹거리는 얼굴로 이쪽을 쳐다봤다.

“어떤가요, 알 씨!”

“오오, 아주 잘한 것 같아.”

“에헤헤.”

크루스가 겸연쩍어했다.

비비가 모피를 쓰다듬으며 말했다.

“크루스가 진정을 아주 잘 대응하는구나.”

“그런가? 에헤헤.”

크루스는 특수한 방식으로 자라나긴 했지만, 서민 출신이다.

그래서 진정을 하러 온 서민을 잘 대응하는지도 모르겠다.

요전에 대관보좌에게 내렸던 훈시도 아주 그럴듯했다.

어쩌면 크루스는 영주에 적합한 인재인지도 모른다.

“못모~.”

모피도 비비의 말에 동의한다는 듯 울었다.

그 반응이 기뻤는지 크루스가 모피를 쓰다듬으러 다가갔다.

"모피, 착하네~."

"모뉴모뉴."

모피는 자신을 쓰다듬으러 온 크루스의 오른손을 재빨리 물었다.

오른손이 물린 채로 크루스가 왼손으로 모피를 마구 쓰다듬었다.

"아이 참, 모피는 걸핏하면 내 손을 문다니까~."

"못모뉴."

"랴아랴아."

시기쇼알라도 재밌어 보였는지 크루스 곁으로 날아갔다.

크루스 어깨 위에 올라타고서 머리카락 속으로 파고들려고 했다.

그러고 나서 크루스의 입을 억지로 벌려서 손을 집어넣었다.

"에, 이히, 히흐하헤."

무언가를 말하려고 하는데, 역시 뭐라고 하는지 모르겠다.

시기가 입을 억지로 벌린 것도 모자라서 혀까지 쥔 모양이다. 하는 수 없다.

분명 '애, 시기, 입은 안 돼' 하고 말했겠지.

"크루스는 어른스럽구나."

"후에후에후에~."

무슨 영문인지 크루스가 부끄러워했다.

도가 지나친 것 같아서 크루스에게서 시기를 떼어 놓은 뒤 탁자 위에 올렸다.

"랴?"

"남의 입을 가지고 놀거나 혀를 쥐면 안 됩니다."

"랴아."

이 역시 중요한 훈육이다. 낯선 사람의 혀를 쥐는 아이로 자라나서는 안 된다.

한편 펨은 코로 내 손을 찌르고 있다. 마치 내 손을 자기 머리 위로 올리려고 하는 듯했다.

일단 나는 아무 말 없이 펨의 머리를 쓰다듬어 줬다.

"와후우."

펨이 기분 좋게 울었다. 꼬리도 붕붕 흔들고 있다.

그때 대관이 돌아와서, 크루스가 웃으며 맞이했다.

"아, 어서 와요. 빨리 왔네요."

"예. 그나저나 편리하군요. 전이 마법진을 두 개만 통과하면 바로 왕도라니."

"필요할 때는 언제든지 사용해도 되지만, 일단 비밀이에요~."

"예. 명심하도록 하겠습니다."

왕도의 전이 마법진은 크루스의 저택에 있다.

전이 마법진이 있는 크루스의 저택 내 방에도 방어 마법진을 슬슬 그려두는 편이 좋을 것 같다.

내가 그렇게 생각하고 있으니 크루스가 불안해하며 대관에게 물었다.

"그나저나 대관대행을 해줄 만한 사람을 찾았나요?"

"겨우 찾아낸 것 같습니다."

"그거 다행이에요."

크루스가 안심한 듯했다.

그러나 나는 아직 불안하다.

“어떤 분입니까?”

“예, 자작 각하. 내무성을 막 은퇴한 분입니다만, 책임감이 강한 훌륭한 분입니다.”

대관이 그렇게 말했으니 일단 안심이다.

크루스 관저의 행정이 정상화되기까지 시간이 조금 더 걸릴 듯하다.

그러나 정상화를 향한 첫걸음은 뗐는지도 모르겠다.

크루스와 대관이 진지한 표정으로 대관대리 인선과 대관보좌 업무에 관해 논의하기 시작했다.

그동안에 나는 비비와 짐승들을 쓰다듬으면서 시간을 보냈다.

해가 슬슬 저물 즈음에 드디어 논의가 끝났다.

“그럼 이만. 대관, 부탁해요.”

“맡겨 주십시오.”

대관이 고개를 깊이 숙이면서 배웅했다. 우리는 무르그 마을로 돌아갔다.

무르그 마을 내 전이 마법진이 설치되어 있는 방에 도착했다.

그곳에서 나는 말을 꺼냈다.

“크루스, 비비. 전이 마법진 방범 대책을 마련하자.”

“방범 말인가요?”

"흠? 무슨 말을 하고 싶은 게냐?"

"나쁜 인간이 악용하기라도 하면 큰일이잖아? 방어 마법진으로 마법진이 설치된 방을 보호하거나, 골렘을 배치하면 좋을 것 같아서."

"그도 그렇구나."

"확실히."

비비와 크루스가 납득해줬다.

바로 전이 마법진을 지나 크루스의 왕도 저택으로 향했다.

크루스의 저택에 도착한 비비가 벽을 살펴보면서 말했다.

"크루스의 저택에는 이미 방어 마법진이 새겨져 있구나?"

"응. 맞아~."

"근데 취약하구나."

"그런가? 값을 꽤 치렀는데~."

"이 몸한테 맡기거라."

비비가 재빨리 마법진을 새겨 나갔다.

크루스 저택의 사용인은 비비를 보고도 당황하지 않았다. 이 광경이 익숙해진 것이다.

바로 그때 무르그 마을로 돌아가려던 루카가 이곳을 들렀다.

"아아. 알이랑 비비잖아. 뭐 하고 있어? 이런 데서."

"음. 전이 마법진이 설치된 방과 크루스 저택에 방범 대책을 마련해 둘까 해서."

"그렇구나, 확실히 중요한 일이네."

비비는 익숙한 손놀림으로 방어 마법진을 척척 그렸다.

나도 지고 있을 수는 없다.

"난 골렘을 제작하지."

"너무 큰 건 만들지 않는 게 나을걸?"

"알고 있대도. 실내이니까."

마법 가방에서 오리하르콘을 꺼내 모양을 빚었다.

크기는 소형으로. 비비보다 더 작은 인형을 만들었다.

그것을 보고서 루카가 말했다.

"작아서 귀엽네."

"그래, 그렇지. 이제는 움직일 수 있도록 마법진을 새기기만 하면."

재빠른 몸놀림과 내구력, 그리고 공격력을 겸비한 골렘을 제작해야만 한다.

여러모로 시행착오를 거듭한 끝에 내 나름대로 만족스러운 골렘이 완성됐다.

"완성."

"이거, 어떤 기준으로 공격을 개시하는 거야?"

"……그건 생각하지 않았군."

"그럼 안 되잖아."

"듣고 보니……."

루카의 지적이 옳다.

가장 간단한 것은 움직이는 것을 공격하는 방식이다. 그러나 그렇게 설정하면 루카를 비롯하여 마법진을 이용하는 사람들도 공격받고 만다.

적어도 피아를 구분할 수 있는 기능이 있어야만 한다.

"그럼 꽤 복잡해지는데……."

이 자리에서 당장 구축하기란 어렵다.

고민하고 있으니 마법진 방 밖에서 시기의 목소리가 들려왔다.

"랏랴~."

"아이 참, 시기 짱. 치맛자락을 잡아당기면 못 써요."

방 밖을 보니 시기가 유리나의 치맛자락을 잡아당기며 놀고 있었다.

유리나도 무르그 마을에 돌아가려면 이곳을 통과해야만 한다.

"시기. 치맛자락을 뒤집으면 안 됩니다."

"랴?"

시기의 눈빛이 왜냐고 묻는 듯했다.

"치맛자락을 뒤집으면 속옷이 보이잖아?"

"랴?"

설명을 해줬는데도 시기는 이유를 모르는 눈치였다.

평소에 벌거벗고 다니는 고대룡에게 수치심이 무엇인지 가르치기란 어렵다.

바로 그때 크루스가 버밀리에를 데리고 왔다.

"있잖아, 시기 짱. 치마 안에는 보여주고 싶지 않은 게 있어."

“랴아?”

“……예를 들어 비밀 무기라든지.”

“랴!”

드디어 시기가 납득해 준 모양이다.

일단 치맛자락을 뒤집어서는 안 된다는 사실을 배웠으니 됐다.

버밀리에가 말했다.

“크루스가 불러서 오긴 했다만…… 방범 대책을 수립하고 있는 것 같구나?”

“어. 지금 비비가 방어 마법진을 그려주고 있어.”

“무르그 마을 창고에는 이미 방어 마법진이 그려져 있지 않나?”

“맞아. 린드발 숲 쪽은?”

“물론 만전을 기하고 있다.”

버밀리에가 그렇게 대답하고서 생각했다.

“그렇지~. 한 가지 좋은 방법이 떠올랐으니 이 몸한테 맡겨 두어라.”

“그건 상관없지만…….”

“흐흠. 모레쯤에는 완성될 테니 보고서 놀랄 준비나 해두거라.”

버밀리에가 자신만만하게 말했다.

크루스의 저택에 방어 마법진을 그리고 나서 우리는 무르그 마을로 귀환했다.

버밀리에가 보안 장치를 고안해 준다고 했으니 맡기기로 했다.

아마도 종합적인 보안 시스템을 생각하고 있는 듯하다.

그날 밤.

자려고 방으로 돌아가니 크루스가 기다리고 있었다.

안경을 끼고서 독서를 하고 있다.

"아, 알 씨. 벌써 자려고요?"

"그럴 생각이긴 한데……, 오늘은 무슨 책을 읽고 있지?"

"'지배와 논리'라는 책이에요~."

"오, 오호~."

요전에는 전기(傳記)를 읽었었다. 그에 비해서 어려워 보이는 제목이다.

크루스가 이해할 수 있을까?

"열심히 노력하고 있구나."

"에헤헤."

[정말로 이해하며 읽고 있는……, 와후!]

펨이 쓸데없는 소리를 내뱉으려고 해서 뒤에서 끌어안았다.

크루스의 의욕을 꺾어버릴 만한 발언은 할 필요가 없다.

내가 들어 올리자 펨은 앞다리를 앞으로 척 내밀고서 뒷다리만으로 서 있는 자세를 취했다.

"펨은 착한 아이구나~, 착하다, 착해."

"와, 와후!"

"착한 아이구나~."

"와후우."

"못모."

내가 뒤에서 배를 마구 쓰다듬어 주자 크루스도 함께 쓰다듬기 시작했다.

그리고 모피도 펨을 할짝할짝 핥기 시작했다.

펨은 선 채로 당혹스러워하며 어리둥절한 상태다.

그대로 펨을 침대로 데려갔다.

"착하다, 착해."

"복슬복슬하네~."

"못못모."

"랏랏랴."

무작정 펨을 마구 쓰다듬었다.

크루스의 의욕을 꺾을 법한 발언을 막고자 했던 당초 목적 따윈 잊고서 일단 마구 쓰다듬었다.

모피도 펨을 날름날름 핥으면서 털 고르기를 해주고 있다.

시기쇼알라도 작은 손으로 펨을 열심히 쓰다듬었다. 내 흉내를 내고 있는지도 모르겠다.

"와후우."

격렬한 손길을 받고서 펨이 꾸벅거리기 시작해서 다들 그만 자기로 했다.

이튿날에는 아침부터 대관소 지부로 전이 마법진을 운반할 준비를 시작했다.

나는 준비를 하면서 크루스에게 물었다.

"지부에도 집무실 같은 방이 있나?"

"글쎄요? 있지 않을까 싶은데요."

"아마 없을 게야. 만약에 있다고 해도 쓰지 않는 방은 없을 것 같구나."

비비의 지적이 옳은 듯했다.

물론 영주 재판을 벌일 때 대관소 지부를 들렀을 때, 건물 내부를 자세히 살펴본 것은 아니다.

하지만 영주 관저에 비해 규모가 작았다. 쓰지 않는 방은 없다고 판단하는 편이 옳겠지.

"그럼 전이 마법진을 설치할 오두막이라도 세워야겠군."

"그래야겠구나……. 기왕 이렇게 됐으니……."

비비가 생긋 웃었다.

무언가 좋은 생각이 떠오른 듯했다.

"방어 마법진뿐만 아니라 은폐 마술도 걸어보면 어떻겠느냐?"

"대관보좌들한테 전이 마법진의 존재를 알리지 않을 셈인가?"

"바로 맞췄느니라. 여기서 조금 떨어진 곳에 오두막을 몰래 지어 두고서……."

비비가 거기까지 말하고서 크루스를 쳐다봤다.

이 작전은 크루스의 찬성을 받는 것이 가장 중요하다.

"크루스는 어떻게 생각하느냐?"

"으~음. 재밌을지도~. 근데 발각되면 망가뜨리지 않을까?"

"크루스의 이름을 새겨두면 될 일이다."

"그렇구나~. 그럼 그렇게 할까~."

크루스가 동의하자 은폐 작전을 전제로 준비를 진행해 나갔다.

은밀하고도 신속하게 오두막을 짓고서 마법진을 설치해야만 한다.

오두막을 지을 자재도 지참하는 편이 낫겠지.

"곧 목재가 귀중한 연료로 쓰이는 계절이 다가오니 돌을 중심으로 가져갈까."

"그래야겠군."

"마법 가방에 잔뜩 채워서 가요~."

경비병 처소를 지을 때 썼던 자재가 아직 남아 있다.

그것들을 마법 가방에 담아 나갔다. 크루스와 내가 갖고 있는 마법 가방의 용량이라면 오두막 4채를 지을 수 있는 자재를 충분히 넣을 수 있다.

준비를 마치고서 출발했다.

어제와 마찬가지로 나는 펨을 타고서, 비비는 모피를 타고서, 크루스는 자기 다리로 달려갔다.

약 한 시간 만에 대관소 지부 근처에 이르렀다.

무르그 마을에서 가장 가까운 지부, 즉 무르그 마을을 담당하는 지부다.

대관보좌가 경질된 지 얼마 지나지 않아서 현재 자리는 공석이다.

"더 가까이 접근하면 들킬 것 같군."

"알 씨, 은폐 마법을 부탁해요."

"알겠어."

나는 우리 일행에게 은폐 마법을 걸었다.

이 마법은 주로 적이 많은 에어리어를 지날 때 사용한다. 인식 저해 계열 마법의 일종이다.

완전하지는 않지만, 일반인을 상대로 충분히 효과가 있겠지.

그렇게 조치하고서 오두막을 지었다.

"빨리 해치우자."

"예!!"

토대를 다지고서 돌을 쌓는다.

만드는 것은 한 변이 성인 남성 키의 두 배쯤 되는 입방체.

10분 만에 완성했다.

"이제는 이 몸한테 맡기거라."

"부탁할게."

비비가 방어 마법진과 은폐 마법진을 새겼다.

작업을 마친 뒤 전이 마법진을 설치했다. 기동만 하면 끝이다.

"아, 내 이름을 써둬야지."

"그건 내게 맡겨."

나는 오두막 정면에 크루스의 이름을 새겨나갔다.

마법진을 망치지 않도록 주의하면서 마법으로 돌에 새겼다.

"이 정도면 되려나."

"뭐라고 썼나요?"

"응? 이런 느낌으로."

'이곳은 크루스 콘라딘 백작의 소유물이다. 접촉을 엄금한다.'

"그렇군요~. 이렇게 써놨으니 대관보좌들한테 들키더라도 망가지진 않을 것 같네요."

"그래. 좋아, 다음으로 넘어가자, 다음."

우리는 신속하게 다음 지부로 향했다.

전이 마법진을 통해 무르그 마을로 돌아간 뒤 영주 관저로 향했다. 그곳에서 다음 지부로 갈 작정이다.

영주 관저에서 각 지부들까지는 대체로 말을 타고서 두 시간쯤 걸린다.

무르그 마을에서 가는 것보다 빠르다.

"영주 관저에서 각 지부까지 펨과 모피의 다리라면 한 시간 만에 갈 수 있을 테니까."

"이동시간만 따져보면 세 지부를 전부 돌아다니는 데 세 시간이면 충분하겠네요."

"휴식 시간을 집어넣고, 오두막을 세우는 시간까지 고려하더라도 하루 안에 다 돌아다닐 수 있을 것 같군."

"좋네요!"

전이 마법진 설치 작업이 순조롭게 진행됐다.

"못모~."

"와후."

모피는 마음껏 달릴 수 있어서 기뻐하는 듯했다.

펨도 개운한 표정인 듯하다. 스트레스를 해소하는 데 달리기만 한 게 없겠지.

"펨, 요즘에 진득하게 달리거나 구덩이를 파고 있어?"

"와후?"

"몸을 움직이지 않으면 좀이 쑤시지는 않고?"

[괜찮다. 적절히 움직이고 있다.]

"그럼 다행이지만."

도비가 들어갔던 그 온천. 그것도 스트레스를 해소하려고 팠던 구덩이일지도 모른다.

스트레스가 쌓이지 않도록 구덩이를 적당히 파줬으면 싶다.

그리하여 우리는 해가 지기 전에 네 군데의 지부에 전이 마법진을 설치했다.

무르그 마을로 돌아오니 버밀리에가 기다려줬다.

"오, 다 끝났나?"

"어. 무사히 각 지부에 설치하고 왔어."

"흠. 방어 마법진으로 단단히 에워싼 게 분명하렸다?"

"언니, 걱정 않아도 된다. 이 몸이 확실히 처리했느니."

"장하구나."

버밀리에가 비비의 머리를 쓰다듬었다.

"버밀리에. 보안 시스템 말인데……."

“음. 안심하거라. 방어 마법진으로 보호 조치를 해놨다면 그리 어렵지 않다.”

“그런가? 피아 식별 같은 것도 가능하겠어?”

“그 역시 문제가 없느니라. 비비.”

“언니, 왜 그러나?”

“비비가 제작한 방공용 위기감지 마법진의 코어에 접속해도 되겠느냐?”

“그 코어는 마량적(魔量的) 리소스에 여유를 두고서 제작했으니 상관없느니라.”

자매가 전문적인 대화를 나누기 시작했다.

솔직히 따라갈 수가 없다.

“무슨 소리야?”

“음. 설명하겠노라.”

버밀리에가 설명해 줬다.

그녀는 아군만이 문을 열 수 있도록 보안 시스템을 고안했다.

그 시스템을 구현하기 위해서 비비가 만들었던 위기감지 마법진의 피아식별기능을 이용하겠다고 한다.

“어떤 방식으로 접속하는 건지 구경해도 될까?”

“흥미가 있는 게로구나? 상관없느니.”

버밀리에가 각 전이 마법진들과 코어를 마술적으로 척척 이어나갔다.

내가 알지 못하는 기술도 꽤 포함되어 있었다.

마족이 발전시킨 마법 체계겠지.

"보안 시스템을 기동하기 전에 미리 등록을 해둬야만 하느니라."

"아, 대관을 불러올게요."

크루스가 대관을 데려왔을 즈음에 루카와 유리나도 귀가했다.

린드발 숲에 사는 버밀리에, 라이, 도비도 등록했다.

모두를 등록한 뒤에 보안 시스템을 기동했다.

"이로써 등록되지 않은 자는 마법진이 설치된 방 문을 열 수가 없을 게야."

"버밀리에, 비비, 고마워."

"괘념치 말아라."

"에헤헤."

버밀리에와 비비가 겸연쩍어 했다.

이로써 누군가가 전이 마법진을 악용할 가능성이 상당히 낮아졌다. 안심이다.

마음을 놓은 순간 내 왼쪽 무릎에 격통이 일었다.

모두가 걱정할까 봐 참으려고 했다.

그러나 왼쪽 무릎이 너무 아파서 그만 주저앉고 말았다.

"아, 통증이 도진 건가요?"

"알, 괜찮아?"

크루스와 루카가 걱정해 줬다.

나는 억지로 괜찮은 척했다.

"괜찮아, 괜찮아. 살짝 아픈 것뿐이야."

"좀 볼게요."

유리나가 냉정하게 왼쪽 무릎을 살펴봤다.

그 동안에 시기쇼알라와 펨과 모피가 걱정하며 다가왔다.

시기쇼알라와 펨, 모피는 코를 킁킁거리면서 몸을 비볐다.

"랴랴."

"와후우."

"못모."

"고마워."

나는 시기와 펨과 모피의 머리를 쓰다듬었다.

그러는 사이에 유리나가 진찰을 마친 듯했다.

"돌이 커졌네요. 수술 말고는 다른 방법이 없어요."

"……그래?"

당연하지만 수술은 몹시 아프다. 되도록 피하고 싶다.

그러나 방치해 봤자 격통만 이어질 뿐이다.

나는 크루스의 어깨를 빌려 경비병 처소 내 개인실로 이동했다.

버밀리에와 비비가 따라오며 말했다.

"알. 안심해라. 언니와 함께 통증을 덜어 주는 마법진을 준비하마."

"음. 우리 자매한테 맡기도록 해라."

"부탁할게."

마음이 엄청 든든하다.

유리나가 수술 준비를 하는 동안에 버밀리에와 비비도 마법진 작성을 준비했다.

한편 크루스는 내 왼쪽 무릎을 계속해서 쓰다듬어 줬다.

"크루스가 어루만져 주니 좀 나은 것 같다."

"그래요~?"

실제로 통증이 줄어든 것 같다. 신기하다.

그러는 사이에 버밀리에 자매와 유리나가 준비를 끝마쳤다.

"자, 갈게요. 각오는 됐나요?"

"단칼에 부탁합니다."

"마법진을 기동하겠노라!"

비비가 말을 하자 유리나가 수술을 시작했다.

비비와 버밀리에가 만든 마법진 덕분인지 예전보다 고통이 상당히 줄어들었다.

그래도 아프기는 아프다.

"우와아."

"아플 것 같구나."

"랴아."

고통이 줄어들었다고는 해도 눈앞에 펼쳐진 광경은 지난번 수술과 별반 달라진 게 없다.

크루스와 비비는 수술하는 장면을 보지 않으려고 고개를 돌리고 있었다.

시기는 지난번처럼 꼬리를 가랑이에 끼우고서 손으로 눈을 가리고 있다. 손가락 틈새로 다 지켜보고 있는 것도 여전하다.

"못뉴! 못뉴!"

"와후우."

모피는 긴장한 나머지 크루스의 손가락을 물고 있었다. 이 역시 지난번과 동일하다.

펨은 지난번과 달리 꼬리를 가랑이에 끼우지 않았다. 성장했다.

통증이 덜해서인지 주변 상황을 여유롭게 관찰할 수가 있었다.

"다 끝났어요."

"고마워. 마취 효과 덕분인지 아주 수월했어."

"그거 다행이네요."

유리나가 둥그런 쟁반에 큰 별모양 12면체 형태의 물체를 툭 떨어뜨렸다.

여전히 위협적인 형태를 띠고 있다.

크루스가 그 물체를 관찰하면서 말했다.

"지난번보다 사위스러운 기운이 조금 줄어든 것 같기도 하고."

"그래?"

"예. 형태랑 크기는 동일하지만요."

유리나가 생각하면서 말했다.

"으~음. 정점에서 수수께끼의 물질이 덜 분비되는 것 같기도 하네요."

"그러면 좋으련만."

"이 돌 자체도 자세히 연구하는 편이 좋겠어요."

지난번에 수술로 적출한 돌의 정점에서 신경에 작용하는 수수께끼의 물질이 분비됐다고 했다.

이번에는 일찍 제거한 덕분에 예후가 괜찮은지도 모르겠다.

나는 다시금 유리나와 버밀리에, 비비에게 답례를 하고서 식당으로 돌아갔다.

그곳에서 루카와 밀레트, 콜레트가 기다리고 있었다.

"아찌, 괜찮아?"

"응, 괜찮아."

걱정하고 있는 콜레트의 머리를 쓰다듬어 줬다.

루카는 쟁반에 담겨 있는 돌에 주목하고 있다.

"지난번에 적출한 돌은 연구가 진행됐나?"

"그게, 전혀 진척이 없어요. 부끄럽기 그지없지만."

유리나가 그렇게 말하긴 했지만, 교회의 분석력은 뛰어난 편이다.

그럼에도 알아낸 것이 없다면 어쩔 수 없다.

나는 크루스에게 물었다.

"크루스는 어떻게 생각해?"

"지난번에 비해 사위스러운 기운이 줄어들었다는 것밖에 모르겠어요."

"으~음. 이거랑 이게, 어디가 다른지 난 전혀 모르겠네."

"저도 모르겠어요. 지난번 돌과 이걸 섞는다면 구별할 자신이 없어요."

루카와 유리나도 모른다고 했다. 참고로 나도 모른다.

그러므로 구별이라도 할 수 있는 크루스는 대단하다. 역시 크루스답다.

콜레트가 손가락으로 톡톡 찌르려고 했다.

"콜레트. 깨끗한 게 아니니까 만지면 안 돼."

"하지만 겉모습은 예쁘게 생겼는데!"

시기와 펨, 모피도 냄새를 맡고 있었다.

"펨이랑 모피는 어떻게 생각해?"

[냄새가 구리다.]

[맛없을 듯.]

짐승들도 탐탁지 않게 여기는 듯하다.

모피가 맛없을 것 같다고 말했는데 잘 모르겠다.

애당초 이걸 먹는다는 발상 자체가 잘못된 것 같다.

시기는 한번 냄새를 맡더니 고개를 돌리고 내 곁으로 날아왔다.
시기도 달가워하지 않는 눈치였다.
"돌 연구도 난관에 봉착했나."
"이거 곤란하게 됐네."

그때 누군가가 처소 문을 활짝 열었다.
"시기쇼알라! 다녀왔다!"
"랴!"
티미쇼알라가 돌아왔다.
예정보다 상당히 빠르다.
시기가 티미 곁으로 파닥파닥 날아갔다.
"시기쇼알라, 귀엽구나!"
"랏랴~."
티미가 시기를 안아 올리더니, 뺨을 비볐다.
"티미, 빨리 왔군."
"음. 알프레드라. 시기를 보고 싶어서 서둘렀다."
티미가 시기를 쓰다듬고 있다.
그러다가 이내 꾸벅거리기 시작했다.
"티미, 졸리나?"
"오오, 그러고 보니 그 뒤로 쭉 잠을 안 잤군."
"괜찮아?"
"……음. 괜찮……——쿨."

대화하다가 도중에 잠들었다.

루카가 걱정스레 티미에게 다가갔다.

"인간 형태로 잠들어도 괜찮으려나?"

"다리가 저리다고 했었는데……."

"아침에 깨어났을 때 몸이 결리지나 않을는지."

"그보다도 자다가 도중에 원래 모습으로 되돌아가기라도 하면 처소가 파괴될 거다."

"듣고 보니 그렇군."

그건 걱정이다. 바로 밖으로 데려가는 편이 나으려나?

경비병 처소는 방어 마법진의 보호를 받고 있다.

그러나 원래 모습으로 되돌아간 티미를 억누르기란 불가능하겠지.

크루스가 시기를 안은 채로 잠에 빠져든 티미의 어깨를 흔들었다.

"티미 짱, 티미 짱. 인간 형태로 자도 괜찮아?"

"……헉! 그렇군."

티미는 일단 깨어난 뒤 시기를 나에게 넘겼다.

그러고는 처소 밖으로 천천히 나갔다.

처소 앞에서 용으로 되돌아갔다.

새삼스럽긴 하지만 역시나 거대하다.

"그러고 보니 책상 위에 있었던 것, ……그거로군."

"그거라니?"

"……Ryaaaa."

"랴아?"
티미는 이미 잠들었다.
시기가 티미를 부드럽게 쓰다듬었다.
"엄청 마음에 걸리는데."
"ryaaaa."
몹시 궁금하다.
그러나 티미는 아주 피곤한 듯했다.
색색거리며 자고 있는 티미를 깨울 엄두가 나지 않았다.

시기쇼알라가 잠에 든 티미쇼알라를 부드럽게 쓰다듬었다.
애를 쓴 이모를 자기 나름대로 위로하는 거겠지.
"시기는 상냥하구나."
"랴?"
시기가 쓰다듬으면서 고개를 갸웃거렸다. 거대한 티미를 어루만지고 있는 시기가 귀여웠다.
마음씨 고운 아이로 자라줘서 아주 기쁘다.
루카가 잠에 든 티미를 보면서 말했다.
"잠들기 전에 흘려들을 수 없는 소리를 했는데."
"그렇지……. 내일 물어볼까."
"그래야겠네."
티미는 내 무릎에서 꺼낸 12면체로 된 돌에 관해 무언가 아는 듯했다.

고대룡의 지식은 인류와는 계통을 달리한다.
그리고 장수하기에 지식도 깊다. 기대할 만하다.
나는 티미의 코끝을 만지고 있던 시기를 안고서 방으로 돌아갔다.
그리고 잠에 들었다.

이튿날 아침. 식당에 가니 인간 모습으로 변한 티미가 있었다.
루카와 크루스, 유리나, 비비와 버밀리에도 있다.
"티미, 이제 괜찮나?"
"음. 푹 잤다."
"랴아."
시기가 티미 곁으로 두둥실 날아갔다.
"오오, 시기쇼알라. 여전히 귀엽군."
"랏랴!"
"그래, 건강하구나!"
티미가 시기에게 뺨을 비볐다. 시기도 기분이 좋은지 날개를 파닥거렸다.
나는 그 광경을 보면서 티미에게 물었다.
"고대룡한테도 수면은 중요하군."
"피곤해지면 자고 싶은 마음이 간절해지니까."
"잠도 안 자고 날아온 건가?"
"그렇지."
"참 힘든 여정이었겠군."

티미가 고개를 연신 끄덕였다.

루카가 그 말을 들으면서 상세히 메모했다.

고대룡의 생태를 기록하고 있는 거겠지.

티미는 시기를 탁자 위에 눕히고서 배를 조몰락거리기 시작했다.

"이 몸은 일주일이나 한 달 정도는 자지 않아도 괜찮다. 허나 이번에는 전력으로 날아온 탓이지."

"아~, 그렇군. 고대룡은 비행할 때 마력을 사용한다고 했었지."

"음. 평범하게 날아왔다면 모르겠으나 한계를 초월할 기세로, 초고속으로 날아왔다. 이 몸한테도 몹시 고단한 여정이었지."

시기를 보고 싶다는 일념으로 굉장히 서두른 모양이다.

시기와 놀고 있는 티미에게 물었다.

"그나저나 어제 잠들기 전에 했던 발언이 무슨 내용인지 궁금한데……."

"어제? 이 몸이 뭐라고 했던가?"

"이거 말이야."

나는 큰 별모양 12면체로 된 돌 2개를 탁자 위에 올렸다.

여전히 아프게 생겼다.

"아~, 이거 말인가."

"자기 전에 그거로군……, 하고 의미심장한 말을 했잖아."

"음. 그건, 사신의 저주로군."

사신(死神)의 저주. 처음 들었다.

그 단어를 듣고서 유리나가 고개를 갸웃거렸다.

"사신?"

"사신은 죽음을 관장하는 신이다."

그건 나도 알고 있다.

대부분의 생명체는 사신을 두려워하고 꺼려한다. 이른바 사신(邪神)으로 분류되는 신이다.

당연하게도 죽음을 원하는 생명체는 없다.

더욱이 사신(死神)은 좀비화 비술과도 관련이 있다. 그러니 사신(邪神)으로 분류되더라도 당연하다고 할 수 있다.

티미가 손가락으로 돌을 건드리면서 말했다.

"그나저나 이 돌에서 강렬한 저주가 느껴지는군. 사신의 사도의 권속이 저주라도 걸었나?"

"아니, 이 저주를 건 자는 마왕이야."

"흠? 그거 이상한 얘기로군."

티미가 고개를 갸웃거렸다.

나는 마왕이 죽기 직전에 쏜 '불사의 존재를 죽이는 화살'에 맞았다.

"어느 부분이 이상하다는 거지?"

"마왕은 마신(魔神)의 사도잖나? 마신과 사신은 전혀 별개의 존재다."

"듣고 보니 그렇군……."

"성신(聖神)의 사도인 크루스가 사신의 저주를 사용하는 것만큼이나 이상하다."

그 비유는 알기 쉽다.

마왕이 성별(聖別)을 행한 것이나 마찬가지다.

“난 마왕이 쏜 ‘불사의 존재를 죽이는 화살’에 맞았는데.”

“불사의 존재를 죽인다. 그 명칭이 보여주듯 그야말로 사신이 관장하는 영역 아닌가?”

“확실히 그러네.”

루카가 납득했는지 고개를 끄덕였다.

사신의 손아귀에서 벗어나 끊임없이 도주하고 있는 자가 바로 불사의 존재다.

사신의 권속이 자연의 섭리를 유지하기 위해서 불사의 존재를 죽일 때 사용하는 것이 바로 불사자 살해술이다.

“마인왕도 지르니드라 대공한테 불사의 존재를 죽이는 화살을 사용했는데, 마인왕은 사신의 사도였던 건가?”

“그건 아닌 것 같다만.”

“어째서?”

“사신의 사도가 사용한 불사자 살해술에 맞았다면 제아무리 언니일지라도 죽었겠지.”

“그렇게나 강력한가?”

“사도이니까.”

성신의 사도인 크루스가 지닌 강력한 힘을 떠올려보니 납득이 된다.

티미가 진지한 표정으로 말을 이어나갔다.

"게다가 좀비화도 사신의 영역이다. 제아무리 언니가 강대할지라도 사신의 사도가 구사하는 좀비화에 저항하기가 어려웠겠지."

"그렇군."

지르니드라는 시기가 인질로 붙잡혔기 때문에 순순히 따르는 수밖에 없었다. 그래서 스스로 마법진 안으로 들어가 약까지 마셨다.

그런 짓까지 당한 것이다.

만약에 마인왕이 사신의 사도였다면 제아무리 용대공일지라도 좀비화에 저항하기가 어려웠겠지.

"랴아."

어머니가 화제에 올랐음을 알아차렸나 보다. 시기가 울면서 고개를 갸웃거렸다.

나는 시기의 머리를 쓰다듬어 줬다.

시기가 터벅터벅 달려서 내 품 안으로 뛰어들었다. 마음이 조금 적적해졌는지도 모르겠다.

나는 옷 속으로 들어간 시기를 부드럽게 쓰다듬었다.

"아마도, 마인왕은 사신의 사도의 권속이었겠지."

"그럼 마왕은 어떻게 '불사의 존재를 죽이는 화살'을 사용할 수 있었던 거지?"

"으~음. 이 몸도 모른다."

"저도 모르겠어요."

"수수께끼네."

"저도 모르겠습니다!"

다들 모르는 듯했다.

잠자코 듣고 있던 비비가 입을 열었다.

"마왕이 사신의 사도의 권속이었던 게 아닐까?"

"마왕은 마신의 사도잖아? 마신의 사도가 사신의 사도의 권속이 되는 게 가당키나 한가?"

"보통은 있을 수가 없지만, 애당초 마왕이 '불사의 존재를 죽이는 화살'을 쏜 것 자체가 있을 수 없는 일이니."

"그건 그렇지만."

진지한 얼굴로 생각에 잠겨 있던 티미가 말했다.

"즉, 마왕이 마신의 가호를 상실했든가, 혹은 상실되어 가는 과도기에 있었던 게 아니겠느냐?"

"사도가 신의 가호를 상실할 수가 있나?"

"가끔 있다. 신의 뜻에 반하면 그렇게 된다."

그 말을 듣고서 크루스가 웃었다.

"나도 가호를 잃고서 성검을 쓰지 못하게 되는 날이 오려나!"

"왜 살짝 기뻐하는 것처럼 보이지……."

크루스의 생각을 잘 모르겠다.

"크루스는 괜찮지 않나?"

"괜찮을 거예요."

루카와 유리나가 그렇게 말하자 크루스가 놀라서 앞으로 고꾸라질 뻔했다.

“왜!?”

“왜냐니. 크루스는 성신이 좋아할 만한 행동을 하고 있으니까.”

내가 그렇게 말하자 티미도…….

“이 몸은 잘 모르겠다만 그런 것 같기도 하군.”

그렇게 말하며 동의했다.

“그런가~?”

크루스는 자각하지 못하는 듯했다.

약자를 도우며 자애롭고, 교만에 빠지지 않는다. 이종족을 차별하지 않고 좀비를 발견하면 쳐부순다.

그야말로 성신의 사도에 어울린다.

유리나가 크루스를 끌어안았다.

“크루스는 훌륭해요.”

“에헤헤.”

“못뉴못뉴.”

모피가 크루스의 손을 우물거렸다.

모피는 성신의 사도로부터 성별(聖別)을 받아 성수가 됐다.

어떤 의미에서 성신의 사도의 권속이라고 할 수도 있겠지.

루카가 팔짱을 끼고서 말했다.

“근데 알라의 무릎은 어떻게 해야 나을까?”

“사신의 사도라면 어떻게든 가능할지도 모르겠군.”

“그렇구나.”

사신의 사도가 어디 있는지 모른다.

찾아낸다고 하더라도 협력해 줄 가능성도 낮을 것 같다.

완력으로 굴복시키려고 해본들 신의 사도다. 아주 강하겠지.

"일단 사신의 사도를 붙잡으면 해주할 수도 있다는 거군요!"

크루스가 활기차게 말했다. 그리 간단한 문제가 아닌 것 같지만.

티미가 생각하면서 말했다.

"뭐, 그렇지. 부탁을 들어줄 것 같지 않긴 하다만……. 소재지는 알고 있으니."

"어? 알고 있어?"

"안다만?"

어째선지 티미가 아는 듯하다.

무릎 상태 개선을 향한 커다란 한 걸음이 될 것 같다.

사신의 사도라면 무릎에 걸려 있는 저주를 풀 수 있다.

그리고 사신의 사도의 소재지를 티미쇼알라가 알고 있다고 한다.

유리나가 불안해하며 말했다.

"하지만 사신은 이른바 사악한 신이에요. 그 사도가 도저히 협력해 줄 것 같지 않은데요."

"보통 수단으로는 안 될 것 같네."

루카도 유리나의 말에 동의했다.

"대화를 하면 알아줄 거예요~."

크루스는 긍정적이다.

내가 보기에는 너무 낙천적인 것 같다. 사신의 사도가 순순히 협력해 줄 것 같지는 않다.

전투를 피할 수 없겠지. 그리고 전투가 벌어진다면 마왕급의 상대이지 않을까..

그러나 티미쇼알라가 진지한 얼굴로 말했다.

"사신이라고는 하지만, 그건 어디까지나 인간이 멋대로 그렇게 부르고 있을 따름이지."

"그래도 죽음을 관장하는 신이고, 좀비 같은 것도 만들잖아요."

"신은 인간과는 문자 그대로 차원이 다르다. 인간의 선악 관념으로 판단한다면 오류를 범할 텐데?"

티미는 신에 더 가까운 생물종인 고대룡이다.

티미가 그렇게 말하니 설득력이 있다.

그러나 좀비 기법을 고안한 암흑 마도사는 사신의 사도였다고 알려져 있다.

그러니 경계하는 게 당연하다.

바로 그때 시기쇼알라가 내 품에서 나왔다.

또 마음이 허전해졌는지도 모르겠다.

티미는 말하면서 시기를 안고서 부드럽게 쓰다듬었다.

"랴뭇랴무!"

시기가 티미의 손가락을 살짝 깨물며 어리광을 부리고 있다.

저 시기가 도무지 신에 가까운 생물로 보이지가 않는다.

"생물은 반드시 죽는다. 그 진리 자체에는 선악도, 정의도 없다. 그렇잖나?"

티미가 말했지만, 루카와 유리나는 석연치 않은 표정을 짓고 있었다.

생물이 죽는 것은 그저 자연의 섭리.

"티미의 말이 맞아."

"역시 알라. 이해가 빠르군."

"그렇긴 하지만, 좀비화 술법을 관장하고 있으니 사신은 사악한 신으로 봐도 되지 않나요."

"좀비는 불사가 얼마나 무서운 것인지 알려주기 위한 존재. 신이 내려주는 교훈이라고 할 수 있다."

"무슨 의미?"

루카가 묻자 티미가 설명해줬다.

사신은 불사의 존재를 용납하지 않는다. 따라서 죽음을 초월하려고 시도하는 자에게 벌을 내렸다.

그것이 바로 좀비화다.

"하지만 스스로 좀비가 되려는 사람은 없지 않나? 자신의 의지에 반하여 억지로 좀비가 되거나……."

"신의 술법을 악용하는 녀석은 얼마든지 있다. 마신의 마술을 학살하는 데 쓰든, 농사일에 쓰든 그건 구사하는 사람 마음이다."

"그렇긴 하지만……."

"악용되고 있다는 걸 안다면 어떻게든 조치하면 좋을 텐데요."

"커다란 착각을 하고 있는 것 같군."

"무슨 소리예요?"

“기본적으로 신은 지상에 거의 흥미가 없다. 불사자의 숫자가 백배쯤 늘어나면 움직일지도 모르겠다만…….”

그건 그럴지도 모른다. 마왕을 쓰러뜨렸지만 마신이 움직일 기미는 전혀 없다.

움직이기는커녕 마왕(魔王)을 쓰러뜨리기 위해서 나는 마법(魔法)을 이용했음에도, 아무런 제약도 없었다.

자신이 가호를 내려준 사도에게조차 흥미가 없는 것 같다.

거기까지 생각하다가 문득 떠올랐다.

마왕이 마신의 가호를 상실했을지도 모른다는 가능성이 있다.

어쩌면 그래서 사신의 사도의 권속이 됐는지도 모른다.

“모늇모뉴.”

진지하게 생각하고 있으니 모피가 내 손가락을 우물거리기 시작했다.

모피의 머리를 쓰다듬으면서 생각했다.

모피는 좀비가 되지 않았다. 그러나 한때 스켈레톤으로는 변했다.

사신이 이것은 허용한다는 의미인가?

모피가 성수가 되었다는 것은 성신이 허락했다고 간주할 수도 있다.

그렇게 생각하고 있으니 루카가 티미에게 물었다.

“근데 사신의 사도의 소재지를 어떻게 알 수 있지?”

“대공의 보물고에 그런 보구(寶具)가 있다. 보물고의 열쇠이기도 한 옥새를 위임받은 알프레드라라면 자유롭게 사용해도 무방

하겠지."

"그런 편리한 보구가 다 있었구나."

"원래는 용왕을 찾기 위한 보구다. 다른 신의 사도를 찾는 건 부가적인 기능이지."

"용왕?"

"음. 용신의 가호를 받은 용신의 사도가 바로 용왕이다."

"대공보다도 높나?"

"높고도 강하다. 용왕이 출현했다는 사실이 알려지면 대공은 바로 달려가서 충성을 맹세하고, 이를 모든 고대룡한테 공표한다."

"상당히 거창하군."

"용왕은 모든 고대룡의 왕이니 당연하다. 뭐, 최근……, 천년 정도는 공석이긴 하지만."

아마도 마수학회에는 발표된 적이 없는 새로운 사실이겠지.

루카가 눈빛을 반짝이며 재빨리 메모를 했다.

그나저나 천년을 최근이라고 말하는 고대룡의 시간 감각이 놀랍다.

그리고 아마도 고대룡의 왕은 신이 선택하는 듯하다.

"신한테 선택받은 왕은 굉장하군."

"보통이라고 생각하는데. 왕권신수설에 관해 들어본 적 없나?"

"왕의 지위는 신께서 내려주신다는 그거?"

"그렇다. 인족의 왕들도 옛날에는 문자 그대로 신이 내려주는 것이었잖나?"

티미의 말을 듣고서 루카가 고개를 크게 끄덕였다.

루카는 신대문학(神代文學) 학자이기도 하다.

"신대부터 고대에 걸쳐서 신이 왕을 선택하긴 했지."

"음. 성신의 사도인 성왕, 마신의 사도인 마왕, 사신의 사도인 사왕, 그리고 용신의 사도인 용왕 등이 그렇지."

"크루스는 신한테서 왕위를 받은 성왕이라는 건가."

"지금 인간계에서 크루스는 왕을 칭해서는 안 돼. 그래서 대신 용사라고 부르는 거겠지."

"에헤헤."

무슨 영문인지 크루스가 부끄러워했다.

나는 비비와 버밀리에에게 물었다.

"마왕은 어떻게 선출되지?"

"기본적으로 강자가 스스로 칭하느니라."

버밀리에가 대답해줬다.

"꼭 마신의 사도일 필요가 없다는 건가?"

"그러하다. 자칭하는 자도 많다. 여러 마왕들이 난립했던 시절도 있었느니라. 허나 마신의 사도가 출현하면 오직 그 녀석만이 마왕이 되는 것이지."

"마신의 사도가 우선이라는 의미인가?"

"우선이라고 해야 하나, 마신의 사도는 문자 그대로 격이 다르다. 차원이 다른 힘을 갖고 있느니라. 설령 반항하는 자가 있더라도 굴복시키면 그뿐이니라."

마왕은 철저히 강자가 차지하는 자리인 모양이다.

펨이 콧김을 씩씩거렸다.

[마랑도 똑같다. 강자가 왕이 된다.]

그런 가치관도 이해하기 쉬워서 괜찮을지도 모르겠다.

"마신의 가호를 상실한 마왕이 지위를 지키기 위해서 사왕의 권속이 되는 경우도 가능한가?"

"꼭 불가능하다고는 할 수 없느니라."

그 말을 듣고 있던 티미가 아무것도 아니라는 투로 말했다.

"그야 있을 수 있겠지."

"티미는 확신하는 것 같군."

"음. 강하지 않은 마왕은 하극상이라도 벌어지면 끝장이다. 그리고 하극상을 당하면 목숨을 확실히 부지할 수 없다. 온갖 수단을 동원할 수밖에 없겠지."

"마왕이 마신의 사도 지위를 상실할 만한 이유 같은 게 있나?"

"모르겠다. 신의 의지, 사고를 헤아려 본다는 것 자체가 무리지."

"그런가?"

"개미가 사람의 생각을 알 수 있을 성싶나? 그와 마찬가지로 인간은 신의 의지를 알 수 없다."

그럴지도 모르겠다고 생각하자마자 무시무시한 기분이 들었다.

정체 모를 무언가가 이 세계의 배후에 있다.

"성신의 의지 역시 인간은 알 수가 없다. 지금 이 순간, 크루스가 사도 자리를 상실하더라도 이 몸은 놀라지 않는다."

"그렇구나!"

크루스가 약간 기뻐하는 듯했다. 용사라는 지위 때문에 큰 압박감에 짓눌려 있는 건가?

나중에 상담을 해봐야겠다.

루카가 그런 크루스를 보면서 말했다.

"크루스가 성왕이라니 위화감이 장난이 아니네."

"이 몸은 마왕을 상대하는 자를 용사라고 부르는 것에 위화감을 느낀다만."

마왕을 상대하는 자이니 성왕이 받아들이기가 더 쉽다는 건가. 듣고 보니 맞는 말 같기도 하다.

바로 그때 크루스가 좋은 생각이 떠올랐다는 듯한 표정을 지었다.

"아! 마왕이 부활했을지도 모른다는 얘기가 있었잖아요!"

"그러고 보니 그런 얘기도 있었군."

내 무릎 통증이 심해졌을 때 그 가능성에 관해 대화를 나눈 적이 있었다.

"신의 사도의 소재지를 알 수 있다면 마왕이 부활했는지 여부도 알 수 있는 거 아닌가?"

"당연히 알 수 있다."

"고대룡의 보구 굉장해!!"

"당연하다."

티미가 지금껏 본 적이 없는 득의양양한 표정을 지었다.

"시기의 천조를 위해서도 갈 필요도 있으니 차라리 지금 극지에 가볼까.”

“랏랴!”

내가 제안하자 시기가 기뻐하며 울었다.

“좋네! 꼭 가자!”

“응, 그게 좋겠네요!”

다들 찬성했기에, 우리는 전이 마법진을 통해서 극지로 가기로 결정했다.

우리는 전이 마법진을 지나 극지로 향했다.

루카와 유리나도 업무를 쉬고서 동행하기로 했다.

"고대룡의 궁전. 기대가 되네!"

"으, 응. 그렇네."

루카가 보기 드물게 들떠 있었다.

너무 흥분한 루카를 보고 크루스는 약간 질린 눈치였다.

비비와 버밀리에도 따라가기로 했다.

"전이 마법진을 새로이 설치했으니 보안 시스템도 조정해야만 하겠구나."

"언니! 이 몸도 거들겠느니."

버밀리에와 비비도 왠지 흥이 난 듯했다.

"뭇모~~."

"왓와후와후!"

"랴아랴! 랴아아!"

마수들도 흥분한 기색이다.

극지. 그곳은 인족이 가는 것조차 어려운 장소다.

당연히 거주하는 건 불가능하다고 할 수 있겠지.

흥분한 모두를 보고서 콜레트도 좀이 쑤시는 모양이다.

"콜레트도 갈래!"

"콜레트, 버릇없이 굴면 안 돼요."

밀레트가 만류했다. 밀레트는 상식인이다.

5살짜리 아이가 위험한 극지에 가서는 안 된다고 생각하는 거겠지.

"언니도 도시락을 만들었잖아!"

"이, 이건……. 다들 점심밥으로 드시라고……."

"언니 것도 만들었잖아. 콜레트는 다 아는 걸!"

"그, 그건 낮에 먹으려고……."

밀레트 역시 왠지 안절부절못하고 있음을 감지하고는 있었다.

실은 가고 싶은 마음이 굴뚝같겠지.

"갈래, 갈래, 갈래!"

"떼를 쓰면 못써."

"랴아랴아랴아랴아."

떼를 쓰는 콜레트를 보고서 시기쇼알라도 흉내 냈다.

날개와 팔다리를 바동거리며 탁자 위를 굴러다녔다. 귀엽다.

그 광경을 보고 있던 티미쇼알라가 콜레트와 시기의 머리를 쓰다듬었다.

"시기쇼알라도 이렇게 말하고 있으니 콜레트도 가겠는가?"

이렇게 말하고 있다?

시기가 대체 무슨 말을 한 걸까? 아주 궁금하다.

"티미 언니, 괜찮아?"

"둘 다 상관없다. 밀레트여, 안 되겠는가?"

"민폐가 되지는 않을까요?"
"그건 괘념치 말아라."
"그렇다면 잘 부탁드리겠습니다."
"아싸~~."
"랏랴~~."
콜레트와 시기가 신이 나서 방방 뛰었다.
이야기를 마무리 지은 뒤 우리는 전이 마법진으로 향했다.
"그럼 간다."
"랴~."
다 함께 극지로 전이했다.
크루스가 외쳤다.
"추워! 엄청 추워요!"
"이게 뭐야, 너무 춥네요."
"오랫동안 가동하지 않아서인지 궁전이 싸늘하게 식어있군."
티미가 조금 쑥스러워하듯 말했다.
"극지는 극한의 땅이야. 태양이 낮게 떠있거든."
루카가 냉정하게 설명해 줬다. 루카는 학자답게 박식하다.
크루스가 고개를 갸웃거렸다.
"낮게 떠있다니?"
"태양이 높이 떠오르지 않는다는 거야. 그래서 지표면에 닿는 햇빛의 양이 적어지는 거지."
루카가 메모지에 그림을 그리며 설명해줬다.

그림으로 보니 이해하기가 쉽다.

"게다가 극지에서는 하루 종일 밤만 지속되는 날도 있고, 낮만 지속되는 날도 있어."

"뭐야, 그거 굉장해!"

루카가 말을 술술 내뱉었다. 그러나 입술 색깔이 살짝 파래지고, 덜덜 떨고 있다.

그건 모두 마찬가지다.

[춥다.]

펨조차 그렇게 말했다.

"못모~."

"랏랴~."

한편 모피와 시기는 추위에도 아랑곳하지 않고 까불고 있었다.

"마법으로 방한 대책이라도……."

"잠깐 기다려요."

내가 마법을 쓰려고 하자 유리나가 제지했다.

"무릎 통증이 또 도질지도 모르잖아요."

"아니, 아마 괜찮을 거야. 마력이 크게 소모되지는 않을 테니."

"또 그 소리. 요전에도 큰 마력을 쓰지 않았는데도 돌이 성장했다고요!"

"그건, 그렇지만……."

유리나의 말이 맞다.

되도록 마법을 사용하지 않는 편이 나을 듯하다.

"일단 돌아가서 준비를 단단히 갖추는 편이 나을 것 같네."

"그러네요. 일단 돌아가죠."

"추워!"

루카가 제안하자 밀레트와 콜레트도 찬성했다.

천조 준비를 하겠다는 티미쇼알라를 놔두고서 우리는 일단 마을로 돌아갔다.

"그토록 추울 줄이야……."

"극지이니 추운 게 당연하잖아? 우리가 너무 준비를 소홀히 했어."

그렇게 말하긴 했지만, 루카 역시 얇은 옷으로 극지에 갔다.

남 말할 처지가 아닌 것 같다.

우리는 서둘러서 방한구를 갖춰 입었다.

"펨 짱한테는……, 이게 딱이네."

"와후?"

"모피 짱은 이거~?"

"못모."

"시기 짱은 이게 딱 좋을 것 같은데?"

"랴아!"

크루스가 짐승들의 방한구를 마련하고 있다.

사족보행 동물용 방한구를 늘 갖고 다니다니 대단하다.

펨과 모피의 방한구는 원래 말에게 입히는 방한구다.

모피와 펨은 평범한 말보다 몸집이 작아서 무난하게 입힐 수 있었다.

시기가 방한구를 입으니 왠지 인형처럼 느껴진다. 귀엽다.

"말용 방한구는 그렇다 치더라도 시기한테 딱 어울리는 인형옷 같은 걸 용케도 갖고 있었군."

"에헤헤~. 이런 일이 있을 것 같아서요."

대체 어떤 상황을 상정하고 있었던 걸까? 크루스의 생각을 잘 모르겠다.

그러나 방한구를 입은 시기가 심상치 않게 귀여우므로 감사하지 않을 수가 없다.

우리는 방한구를 착용하고서 다시 극지로 향했다.

"……더워!"

"엄청 덥네요."

크루스와 유리나가 외쳤다.

실제로 몹시 더웠다.

"못모!"

"와후우……."

"랴랴."

모피와 펨도 당혹스러워하고 있다.

한편 시기는 활기차다. 아랑곳하지 않고 날개를 파닥이며 두둥실 떠있었다.

그때 티미가 다가왔다.

"다들 추위를 타는 것 같기에 난방을 가동해 따뜻하게 해뒀다."

티미가 의기양양해했다.

"오, 어, 고마워. 근데 시기가 천조해야만 궁전 기능이 가동되는 거 아니었나?"

"물론, 본격적으로 가동하려면 시기쇼알라의 등록이 필수다. 허나 난방 기능 정도는 이 몸도 작동할 수 있다."

"그랬구나."

나는 그렇게 말하며 방한구를 벗었다.

다른 일행들도 벗고 있다.

"펨과 모피, 시기도 벗을래?"

[덥다. 벗겠다.]

[벗는다.]

"랴?"

시기를 빼고는 모두 벗겠다고 한다.

나는 재빨리 펨과 모피의 방한구를 벗겨 줬다.

"시기는 정말로 안 벗어도 되겠어?"

"랴!"

시기는 인형복이 마음에 든 모양이다.

그런 시기를 보고서 티미가 말했다.

"시기쇼알라는 뭘 입든 귀엽군."

"랴아."

"시기, 진짜 안 덥나?"

“시기쇼알라는 인내심이 강하니까!”

티미가 자랑스러워하며 말했다.

참고 있는 거라면 벗겨 주는 편이 낫다.

“시기도 벗자.”

“랴아~.”

내가 옷을 벗겨 주는 동안에 시기가 얌전히 있었다.

방한구를 벗으니 조금 덥긴 하지만 못 견딜 수준은 아니었다.

그렇게 말하자 티미가 난방을 조절하러 갔다.

그때서야 비로소 우리는 전이 마법진이 설치되어 있는 방을 관찰할 수 있었다.

“넓군요~.”

“천장이 높아요.”

“이렇게 거대한 건물은 인간 나라에는 없을지도.”

크루스와 유리나, 루카가 감탄하며 목소리를 높였다.

본래 모습의 고대룡도 무난하게 살아갈 수 있을 정도로 넓은 건물이었다.

마을 하나가 들어갈 만큼 방이 넓다.

“방 하나가 이렇게나 넓으면, 궁전 전체는 대체 얼마나 거대할지…….”

“굉장하네요.”

“넓어~!”

밀레트와 콜레트도 감탄했다.

벽과 천장 역시 본 적이 없는 소재로 만들어져 있었다.

우리와 마찬가지로 방 안을 둘러보고 있던 비비가 말했다.

“여기에다가 방어 마법진을 새기는 건 어려울 것 같구나…….”

“너무 크구나. 이 방만을 방어하려고 해도 아주 거대한 마법진이 필요하다. 도저히 불가능한 것은 아니지만, 어렵겠구나.”

비비와 버밀리에는 체념한 듯했다.

“방어라면 안심해라. 시기쇼알라가 천조하면 강고한 마술이 궁전을 보호하게 될 거다.”

“그렇군. 무르그 마을 쪽을 단단히 방비해 두면 괜찮다 이 말인가.”

“그래. 그렇게 해다오. 부탁한다. 비비, 버밀리에.”

티미가 말하자 비비와 버밀리에가 고개를 여러 번 끄덕였다.

그러고 나서 티미가 시기를 끌어안고서 말했다.

“자자. 시기쇼알라의 천조를 거행할 방은 이쪽이다.”

우리는 티미의 안내를 받아 의식이 치러질 방으로 가기로 했다.

마법진이 설치된 방을 나와 복도를 나아갔다.

복도라고는 했지만, 본래 고대룡이 오가는 것을 상정하고서 만들어져서, 아주 널찍하고 천장도 높다.

루카가 눈빛을 반짝이며 두리번거렸다.

“천장도 높고, 폭도 넓고. 무슨 소재로 만들어졌을까.”

“신기한 소재로군. 금속 같기도 하고, 도기 같기도 하고.”

나는 벽을 만지며 살펴봤다. 처음 보는 소재다.

비비도 벽을 만지고 있다.

"마력이 담겨 있구나."

"강도가 상당할 것 같군."

앞서 가고 있던 티미쇼알라가 우리의 대화를 듣고서 돌아봤다.

"그렇지. 꽤 단단하다. 고대룡들의 생활을 견뎌낼 수 있어야 할 테니까."

"그렇군."

고대룡이 휘두르는 꼬리에 맞기만 해도 보통 건물은 무너지고 말 것이다.

고대룡은 일상생활을 영위할 수 있는 여건을 조성하는 것조차 쉽지 않을지도 모르겠다.

"못모~."

[모, 모피 그만둬라!]

바로 그때 뒤에서 모피의 어벙한 목소리와 펨이 당황하는 목소리가 들려왔다.

"무슨 일이야?"

"아, 모피, 기다려라!"

"모?"

비비가 황급히 달려갔다.

모피가 두 발을 바닥에 단단히 내딛고 있었다. 지금 당장에라도 볼일을 볼 태세였다.

복도는 아주 넓고 천장도 높다. 모피가 야외라고 느꼈는지도 모르겠다.

"모피, 여기에 영역표시를 할 필요는 없어."

"못모?"

"모피여. 화장실은 저기에 있다."

"모~~."

모피는 티미가 안내해 주는 대로 화장실로 갔다.

"모피는 무섭구나."

"음. 자기영역 의식이 강하군. 설마 고대룡의 궁전에다가 자기 영역을 표시하려고 하다니."

[아니, 그냥 쉬가 마려웠을 뿐이다.]

모피와 티미의 뒷모습을 보면서 크루스가 말했다.

"근데 화장실도 고대룡에 맞춰서 만들어졌으려나?"

"가능성은 있군."

모피의 원래 모습은 고대룡만큼은 아니더라도 아주 크다.

그러니 모피라면 고대룡의 화장실을 이용할 수 있을지도 모른다.

그러나 우리는 그 거대한 화장실을 사용하기가 어렵겠지.

그렇게 생각하고 있으니 모피와 티미가 돌아왔다.

"못모~."

"화장실에 가고 싶거든 다른 사람들도 그 자리에서 해결할 생각 말고 재깍 이 몸한테 말하도록."

티미가 모피를 쓰다듬고 있다.

누가 이곳에서 감히 용변을 해결하려고 할까. 모피가 특별한 것이다.

루카가 흥미진진해하며 물었다.

"고대룡의 화장실은 어떤 느낌이야?"

"음? 보고 싶은가?"

"보고 싶어, 보고 싶어!"

"그럼 이쪽으로 와라."

루카는 마수학자다. 학자로서 호기심이 동했나 보다.

티미가 루카를 데리고서 또 화장실에 갔다.

루카가 굉장히 들뜬 기색이었다.

우리도 언제 용변이 마려울지 알 수 없다. 화장실을 확인하는 것도 중요하겠지.

"우리도 화장실이나 보고 올까."

"그러자꾸나."

우리 모두 뒤를 따랐다.

그 광경을 보고서 티미가 당혹스러워했다.

"다들 화장실을 좋아하는군."

"좋아하는 게 아니에요."

"엄청 클 거 아냐. 우리가 사용할 수 있을지 없을지 확인해 두고 싶어서."

잠시 걸어가니 화장실에 도착했다.

이곳은 넓다. 당연히 화장실까지의 거리도 멀다.

용변이 마려우면 바로 화장실에 가야할 것 같다. 한계까지 참는다면 불상사가 벌어질 수가 있다.

"여기다."

"우와~."

"럇랴~."

크루스가 감탄했다. 그에 맞춰서 시기도 울었다.

역시 아주 크다.

"볼일을 다 본 뒤에 옆에 달린 레버를 누르면 물이 나와 씻겨 내려간다."

"역시 고대룡의 대공의 궁전! 수세식일 줄이야!"

루카가 감격했다. 스케치를 부지런히 하고 있다.

수세식 화장실은 드물다. 왕궁이나 대귀족의 저택, 무르그 마을의 경비병 처소 정도에만 있다.

"드물지는 않지. 경비병 처소에도 있을 정도이니."

"그 경비병 처소가 특수한 거야."

"그런가? 그대들처럼 작은 자들은 이쪽을 이용하면 된다."

티미가 변기 옆에 있는 작은 건물을 가리켰다.

방 안에 건물이 있어서 약간 위화감이 느껴진다.

건물 안에는 평범한 수세식 화장실이 있었다.

"인간용?"

"아니, 고대룡이 인간 모습일 때 쓰는 곳이다."

"과연."

루카가 한 손으로 메모를 하면서 티미에게 물었다.

"궁전에서도 인간 모습을 할 때가 있어?"

"몸집이 크면 배를 가득 채우기 위해서 잔뜩 먹어야만 할 테니."

"그렇구나~."

이유가 굉장히 현실적이었다.

거대한 고대룡이 배가 가득 부를 때까지 먹는다면 이 일대에서 생물들이 남아나질 않을 것이다.

그러나 의문이 조금 남았다.

"작은 상태에서 먹고서 커다란 모습으로 되돌아가면 배가 고프지 않나?"

"아, 그거 나도 궁금해!"

"괜찮다. 마술적인 변화이니까. 단순한 물리적 변화가 아니니다."

"오호~."

루카가 열심히 메모를 했다.

"이제 됐는가? 슬슬 본래 목적을 수행하고 싶다만."

"그렇군. 시기의 천조를 먼저 끝내도록 하자."

"랴!"

티미를 따라서 천조를 위한 방으로 향했다.

그 방은 옥좌의 방보다도 더 안쪽에 있었다.

옥좌의 방을 지나가면서 루카가 중얼거렸다.

"당연하긴 하지만 옥좌도 크네."

"소재도 굉장하군. 오리하르콘인가?"

"옥좌 자체가 마도구다. 소재는 오리하르콘을 바탕으로 마석과 온갖 금속이 섞여 있다. 이 세상에 둘도 없는 걸작이다."

확실히 비쌀 것 같다. 마법적으로도 흥미가 솟는다.

그대로 나아가니 옥좌의 방 안쪽, 천조하는 방에 도착했다.

궁전의 다른 방에 비해서는 작다고는 해도, 충분히 거대하다.

방 가운데에는 커다란 진주 같은 물체가 놓여 있었다.

"저건 마석?"

"아니, 아마도 아닐 거야."

"신대 때부터 전해지는 특수한 크리스털이다."

왠지 엄청난 물건인 듯하다.

티미도 자세한 내막까지는 모르는 눈치다.

물끄러미 보고 있던 루카가 말했다.

"아마도 마석의 순도를 극한까지 끌어올려 농축한 무언가인 것 같아."

"무언가라니? 뭐야?"

"정체를 알 수가 없으니 무언가지. 제조법도 알 수 없고, 용도도 알 수가 없으니까. 어떤 힘을 갖고 있는지도 몰라."

"여하튼 아는 게 없다는 말이군."

"어. 하지만! 뭔가 대단하다는 것 알겠어!"

루카가 몹시 흥분했다.

놀라워하고 있는 우리를 내버려 두고서 티미가 시기를 진주 옆으로 불렀다.

"여기에 오른손을 대는 거다. 시기쇼알라."

"랴랴!"

시기가 기뻐하며 진주에 손을 댔다.

"살짝 따끔할 거다. 참도록 해라."

"랴아……."

시기가 진주에서 손을 뗐다.

아플 거라는 소리를 들었으니 망설일 만도 하겠지.

누가 뭐라고 해도 시기는 아직 아기다.

"시기, 조금만 참아."

"참는 거다."

"랴……."

시기가 머뭇거리다가 진주에 다시 손을 댔다.

용기가 있는 아기다.

"시기쇼알라. 마력을 흘려라. 마력을 흘려보낼 수 없다면 나이프로 손바닥을 베서 피를……."

"랴!"

시기가 열심히 용을 쓰기 시작했다. 손바닥이 베이는 건 싫은가 보다.

진주가 빛나기 시작했다.

"랴잇!"

그리고 시기가 비명을 작게 질렀다.

그래도 시기는 진주에서 손을 떼지 않았다.

진주에서 나오는 빛이 서서히 잦아들었다.

그 대신에 벽이 희미하게 빛나기 시작했다.

"무사히 끝났다. 이로써 궁전은 원래 기능을 되찾았다."

"…………."

"시기, 잘 참았구나."

"…………."

시기가 아무 말도 하지 않는다.

삐쳤는지 고개를 홱 돌렸다.

"시기?"

"……랴."

손이 아파서 화가 났겠지.

시기의 마음을 알 것 같다.

나는 시기의 오른손을 봤다. 피가 살짝 났다.

"아팠겠군. 잘했다."

"……랴."

"시기쇼알라는 장하다~."

"랏"

티미가 시기를 안아 올리려고 했다. 그러나 시기가 티미의 손을 찰싹 때렸다.

그대로 시기는 내 몸에 엉겨 붙고는 품속으로 굼실굼실 들어갔다.

"시, 시기쇼알라, 왜 그러는 것이냐."

"……랴."

"잠시 토라진 거니까 괜찮아."

"그럼 다행이지만……."

티미가 걱정하고 있지만, 금세 시기의 기분이 풀리겠지.

유리나가 웃으며 다가왔다.

"시기 짱. 회복 마법을 걸어 줄게요."

"랴아?"

내 품속에서 시기가 고개만 내밀었다.

"시기 짱, 오른손을 내밀어요."

"……랴."

시기가 유리나 쪽으로 머뭇머뭇 오른손을 내밀었다.

유리나의 손이 빛나더니 시기의 상처가 순식간에 사라졌다.

"예, 이제 다 끝났어요."

"랴아!"

시기가 기뻐하며 품 밖으로 날아오르더니 유리나의 어깨에 올라탔다.

그리고 뺨을 비비기 시작했다.

"랴랴랴~."

"시기 짱, 왜 그래요? 기쁘긴 하지만."

"고맙다고 인사하는 거겠지."

"그렇군요. 시기 짱, 인사도 할 줄 알고 다 컸네요."

그리고 유리나가 시기를 부드럽게 쓰다듬었다.

한편 그 동안에 루카는 방을 줄곧 살펴보고 있었다.

"천조는 상당히 담백하네."

"음. 거창한 의식을 치르는 건 즉위 때이니까."

"천조는 소유자 등록만 하면 끝?"

"기본적으로 그렇다."

한편 콜레트는 밀레트에게 안긴 채 유리나의 어깨에 앉아 있는 시기를 쓰다듬었다.

"시기 짱, 잘 했네."

"랴."

밀레트도 시기를 쓰다듬었다.

"시기 짱, 착하구나~. 도시락 먹을래?"

"랴아."

시기가 날아올랐다. 콜레트가 시기를 꼭 끌어안았다.

시기가 밀레트 쪽으로 날아간 것을 보니 배가 고픈 모양이다.

기분도 풀린 듯하다. 서운한 감정을 금세 털어 버릴 줄 아는 것은 미덕이다.

역시 왕이 될 만한 소질을 120퍼센트 갖추고 있는 듯하다.

시기는 "랴아" 하고 딱 한번 울음소리를 내고서 티미가 쓰다듬을 수 있도록 몸을 순순히 맡겼다.

"못모!"

"와후우."

밥에 민감한 짐승들도 모여들었다.

펨과 모피 옆에는 크루스도 있었다.

"일단 밥을 먹을까."

"아싸~."

"식당은 저쪽에 있다."

그렇게 말하고서 걸어 나가는 티미의 발걸음도 신바람이 난 듯했다.

대공의 궁전은 대단히 넓다. 식당으로 이동하는 것뿐인데도 한참을 걸었다.

식당도 넓었지만, 한 켠에 인간용 탁자와 의자도 놓여 있었다.

"우리도 사용할 수 있는 가구들이 있어서 다행이야."

"아까 전에도 말했다시피 드래곤 모습으로 식사를 하는 경우는 거의 없다."

화장실과 마찬가지로 식사 역시 인간 모습으로 한단다.

그렇다면 인간 신체에 맞춘 가구가 있는 건 당연하다.

루카는 변함없이 꼼꼼히 메모하고 있다.

그 뒤에 다 함께 밀레트가 만들어 준 도시락을 먹었다.

"랴뭇랴무."

"시기, 천천히 먹어라~."

"랴무."

알에서 부활한 직후에 시기쇼알라는 고기만 먹었다.

요즘에는 고기가 아닌 다른 것도 먹을 줄 알게 됐다.

티미쇼알라에게 그 현상을 설명하고서 물었다.

"티미. 시기는 정말로 무엇이든 먹어도 되나?"

"고대룡은 야채도, 고기도 다 먹는다. 마석을 먹어도 된다."

"그렇군."

"막 태어났을 때 어떤 고기를 먹였지?"

"……그, 그레이트 드래곤 같은 거."

드래곤종 고기를 먹였다며 화를 내지 않을까.

조금 걱정하면서 솔직히 말했다.

만약에 시기의 성장에 악영향을 미친다면 개선해야만 하니까.

티미에게 숨겨야 할 일이 아니다.

"오오, 그레이트 드래곤이라. 그거 맛있지."

"어, 맛있다고?"

"그렇다. 마력을 다량으로 함유하고 있으니까. ……인간이 먹는 음식에 빗대자면 영양가가 풍부한 소고기라고 할 수 있겠군."

인간의 입맛에는 그다지 맛있는 고기가 아니다.

그러나 고대룡에게는 맛있단다.

[그건, 맛있다.]

"펨도 좋아하나?"

"와후."

펨과 마랑들은 굶주렸을 때 온천수를 마시며 버텼다.

마수들의 입맛에는 마력이 포함되어 있는 음식일수록 맛있게 느껴지는 모양이다.

"알라여. 그레이트 드래곤 고기는 확실히 맛있다."

"으, 응."

"허나 이 도시락도 아주 맛있다.

"그건 밀레트한테 말해 줘."

"그렇구나! 밀레트. 그대가 만든 요리는 일품이다. 늘 고맙다."

"랏랴!!"

"아, 예. 천만에요."

티미가 직설적으로 찬사와 감사를 보내자 밀레트가 뺨을 붉혔다.

시기도 날개를 파닥거리며 밀레트에게 다가갔다.

틀림없이 성의를 전하려는 거겠지.

"시기 짱도 천만에요."

"랴아."

밀레트가 그렇게 말하고서 시기를 부드럽게 쓰다듬었다.

시기의 마음이 밀레트에게 확실히 전해진 듯하다.

식사를 마친 뒤 나는 티미에게 말했다.

"그 사신의 사도나 마왕의 소재지를 알 수 있는 보구를 보고 싶은데."

"음. 그 용건도 있었지. 시간이 아직 있으니 보물고에 가도록 할까."

"시간? 이 뒤에도 뭔가 용무가 있나?"

"으음 그게……."

티미가 그렇게 말하면서 시기를 안고서 일어났다. 그때 방울 소리가 울렸다.

투명하다. 계속 듣고 싶을 정도로 음색이 편안하다.

크루스가 두리번거렸다.

티미가 한숨을 후우, 하고 내쉬었다.

"음. 예상보다 빠르군. 보물고는 이따가 가도록 하자."

"무슨 소리인가요?"

"손님이 왔다."

"손님 말인가요~."

크루스는 납득한 모양이지만, 이곳은 극지다.

손님이 자주 올 만한 곳이 아니다.

나는 티미에게 물었다.

"손님이 자주 오나?"

"드문 일이긴 하다만, 지금은 시기쇼알라가 천조했다는 사실을 신하들이 알았다."

"오호."

"이 몸도 고대룡의 모습으로 마중을 나가봐야겠지."

티미가 그렇게 말하고서 시기를 나에게 넘겼다.

"랴."

시기가 내 품속으로 꾸물꾸물 들어갔다. 귀엽다.

한편 티미는 일순간에 거대한 모습으로 되돌아갔다.

"몇 번을 봐도 크네요~."

"티미 짱, 커!"

밀레트와 콜레트가 기뻐하며 유난을 떨었다.

엘프 자매는 티미의 모습을 보고도 무섭지 않은가 보다. 배짱이 두둑하다.

한동안 벌벌 떨었던 펨도 밀레트와 콜레트를 본받아 배짱을 키워줬으면 한다.

"와후."

"이제 괜찮은 것 같군."

"와후?"

공포를 극복했는지 펨도 꼬리를 세운 채로 당당히 서 있었다.

"옥좌의 방에서 맞이할 테니 다들 함께 가자."

우리는 옥좌의 방으로 향했다. 옥좌는 바닥보다 몇 단 높은 곳에 설치되어 있다.

옥좌는 대단히 크다. 좌석 위에 저택을 세울 수 있을 정도였다.

"잠시 기다리거라."

티미가 옥좌 뒤쪽으로 돌아가서 무언가를 조작했다.

그러자 덜컹덜컹, 하는 소리와 함께 옥좌가 인간이 앉을 수 있을 만한 크기로 변했다.

"이제 됐다. 알프레드라, 시기쇼알라를 옥좌에."

"알겠어."

나는 시기를 옥좌 위에 올렸다. 앉았다기보다는 올라탄 것 같은 느낌이다.

시기가 어리둥절해했다.
“랴?”
“당당하게 있으면 된다.”
“랴아.”
“알프레드라는 옥좌 왼편에 서라.”
“인간이 시기 근처에 서있어도 되나?”
“상관없다. 알프레드라는 시기쇼알라의 후견인이니까.”
“그렇군. 아, 뭔가 주의사항 같은 거라도 있나?”
“신경 쓸 거 없다. 참고로 이 몸은 이 위치다. 자작이니 작위가 그다지 높지 않지만, 대공의 이모이니까.”
티미는 옥좌의 왼편, 약간 앞쪽에 자리했다.
고대룡 나름의 예법 같은 게 있겠지. 인간 사회의 예법과는 꽤 다른 것 같다.
그렇다고 해서 내가 왕궁의 예법을 잘 아는 건 아니지만.
티미는 다른 일행들에게도 위치를 알려주기 시작했다.
“크루스와 일행들은 시기쇼알라의 신하가 아니라 대공가의 손님이니 이 부근에 서있으면 되겠지.”
“흠흠.”
크루스와 일행들은 옥좌 앞, 오른쪽 벽에 섰다.
몇 단 아래에 서있어서 손님이라기보다는 신하 같다.
그러나 티미가 말하기를 신하와 손님은 서는 위치가 다르다고 한다. 오른쪽에는 손님, 왼쪽에는 신하가 위치한다.

이 역시 인간 사회와는 다른 예법이다.

"그 위치는 다른 대공가 소속 드래곤들이 왔을 때 서는 위치와 가깝다. 다른 대공들은 특수해서 서는 위치가 조금 다르긴 하다만."

"오호~."

"그렇구나. 굉장해. 다른 대공들은 구체적으로 어디에 서?"

크루스는 흥미가 없다는 듯 건성으로 대답했다. 그러나 루카는 눈빛을 반짝였다.

메모장에 옥좌의 방을 스케치하고서 위치 관계 등을 상세히 기록해나갔다.

"이 부근이다."

티미가 가리킨 곳은 옥좌 조금 아래, 계단 중간이었다.

"그렇구나. 다른 대공들도 옥좌보다 한 단 낮은 곳에 서는구나."

"어디까지나 이 궁전의 주인은 시기쇼알라이니까."

"오호~."

모두가 제 위치에 섰는지 확인하고서 티미가 옥좌 옆에 있는 조작반을 작동했다.

멀리서 문이 열리는 소리가 들려왔다. 입구와 옥좌의 방 사이에 있는 문들이 차례대로 열리고 있는 듯하다.

이내 옥좌의 방에 거대한 고대룡이 모습을 드러냈다.

"RyaaaaaaaRyaRyaaa."

고대룡이 저음으로 울면서 고개를 숙여 바닥에 댔다.

"남작. 대공 전하의 천조를 알고서 맨 먼저 달려온 그 충의. 전하께서 크게 기뻐하고 계시오!"

"Ryaaa…… 황감하오."

티미가 인간의 언어로 고대룡 남작에게 말했다.

남작도 손님 위치에 인간이 있음을 깨달았는지 인간의 언어로 말하기 시작했다.

"랴!"

"합! 과분한 말씀, 황공하옵니다!"

시기가 한 번 울자 남작이 감격했는지 목소리를 높였다.

그러고는 바닥에 벌러덩 굴렀다. 배를 보이고서 턱을 들어올렸다.

마치 개가 복종하는 자세 같다.

"……설마 아까 그 '랴'에 의미가 있었던 건가?"

"랴아."

시기가 이쪽을 보고서 의기양양해했다.

시기는 언제나 '랴'라는 말밖에 하지 않는다.

그러나 고대룡의 언어에는 '랴'에 어떤 의미가 있는지도 모르겠다.

아직 아기인데 대단한 것 같다. 역시나 천재였다.

"랴!"

시기가 다시금 울자 남작이 일어섰다.

바닥을 구른 동작에 의식적인 의미가 있었던 거겠지.

인간의 예법에 빗대자면 국왕이 기사에게 작위를 내릴 때 어깨에 검을 올리는 행위와 비슷한가 보다.

그 뒤로 잇달아 고대룡들이 찾아왔다.

다 합해서 20마리다. 그 모두가 시기의 신하라는 뜻이다.

모두들 한 번씩 바닥에 엎어져 시기의 말을 들은 뒤에 신하들이 서는 위치에 도열했다.

"모두 다 모였나?"

티미가 말하자 옥좌에서 가장 가까이에 있는 자가 앞으로 나섰다.

"시기쇼알라 대공 전하의 신하, 총합 스무 용들이 전부 다 모였사옵니다."

"랴!"

"""예!"""

시기가 외치자 스무 용들이 일제히 고개를 숙였다.

시기는 '랴!'라는 말밖에 하지 않는다. 그러나 고대룡은 그 의미를 아는 듯했다.

다음에 티미에게서 고대룡어를 꼭 배우기로 결심했다.

바로 그때 선두에 있는 고대룡이 나를 쳐다봤다. 나누던 대화로 미루어보건대 아마 후작일 거다.

신하 중에서 가장 높은 드래곤인 것 같다.

"그쪽 분은 대체 누구이신가?"

"어째서 인간이 그 자리에 계시는 겁니까?"

"더군다나 옥좌 바로 옆에 서있다. 너무나도 불손한 처사가 아닙니까."

후작을 시작으로 고대룡들이 잇달아 지적했다.

고작 인간이 옥좌 옆에 서있으니 틀림없이 고깝게 여기고 있겠지.

그래도 의식이 끝날 때까지 기다렸다.

의식이 다 끝난 지금도 최대한 예의를 갖추고 있는 이유는 티미와 시기가 있어서겠지.

티미가 고개를 끄덕이더니 나에게 말했다.

"알프레드라 각하. 옥새를……."

"알겠어."

나는 모두가 다 볼 수 있도록 오른손을 높이 쳐들었다.

옥새는 늘 그렇듯 새로 내린 눈처럼 아름다운 파란빛을 뿜어내고 있었다.

"이럴 수가……."

고대룡들이 놀라서 목소리를 높였다.

"알프레드라 각하는 선대공 전하로부터 직접 옥새와 시기쇼알라 대공 전하의 양육을 위임받은 분이시다."

"오, 오오."

"그리고 명예로운 '라' 자를 부여받은 분이다."

"뭐, 뭐라고."

고대룡들이 경탄을 금하지 못하고 있다. 서로 눈치를 살피고 있다.

"럇!"

"예, 옙. 감히 방자하게 굴었습니다!"

"시, 실례했습니다."

시기가 한 번 강하게 울자 고대룡들이 일제히 고개를 숙였다.

그리고 선두에 있는 고대룡 후작이 바닥에 벌러덩 드러누웠다.

고대룡들이 잇달아 바닥에 드러누웠다.

티미가 그 광경을 보면서 말했다.

"알프레드라. 이처럼 그대한테도 복종과 충성을 맹세하고 있다. 사죄를 받아주지 않겠는가?"

"아, 어……. 애당초 화도 안 났어. 앞으로도 친하게 지내준다면 기쁘겠어."

너무나도 당혹스럽다.

고대룡 세계에서 바닥에 드러눕는 행위에 넙죽 절의 의미도 있는지도 모르겠다.

"감사하다."

티미는 고개를 숙이고서 고대룡들에게 말했다.

"알프레드라 각하는 관대하게도 그대들의 불경한 태도를 용서해 주셨다. 감사하도록."

"감사드립니다."

고대룡들이 일어서서 일제히 고개를 숙였다.

"이게 뭐야……."

나는 무심코 중얼거렸다.

고대룡의 문화에 익숙해지기까지 시간이 조금 걸릴 것 같다.

그 후에 고대룡들이 돌아갔다.

연회라도 벌일 줄 알았는데 아닌 모양이다.

고대룡은 위압감이 굉장해서, 아주 긴장했다.

고대룡 하나라면 이길 수 있다. 아마 둘도 이길 수 있다.

그러나 스무 마리를 동시에 상대한다면 이길 수 없겠지.

바닥에 실례를 하지 않은 펨이 대단하다.

"펨, 잘 버텼군."

"…………."

"펨?"

"……와……후."

굳어 버렸다. 벌벌 떨 수는 없다며 근성으로 버텼나 보다.

갸륵한 펨이 귀여워서 부드럽게 안고서 쓰다듬어 줬다.

"못모!"

"랴."

"모피와 시기쇼알라도 펨을 위로하듯 다가갔다.

모피는 날름날름 핥고 있다. 시기는 두둥실 뜬 채로 머리를 쓰다듬었다.

그나저나 겁을 전혀 먹지 않은 모피가 대단한 것 같다.

"와후."

한동안 계속 쓰다듬었더니 펨이 부활했다.

나는 티미쇼알라에게 말했다.

"대공의 신하가 20마리나 있었군. 고대룡은 숫자가 적은 줄 알았어."

"신하, 즉 귀족이자 영주만 추려서 그 정도인 거다. 백성에 해당하는 고대룡은 더 많다."

"그래?"

"인간의 눈에 띄지 않는 곳에서 살아가고 있다. 모를 만도 하겠지."

우리의 이야기를 듣고 있던 루카가 메모를 하면서 물었다.

"인간의 눈에 띄지 않는 곳은 대체 어디지?"

"글쎄다. 인간의 몸으로는 찌그러지고 마는 심해나 인간이 생존하기 어려울 정도로 공기가 희박한 고지대?"

"그 밖에는?"

"이 극지도 그렇다. 게다가 하늘에 떠있는 달에도 있다."

"어, 달에도?"

"음. 그 어느 곳도 인간의 몸으로는 쉽사리 살아갈 수가 없는 환경이다."

인간에게 가혹한 환경에서 살아가고 있어서 맞닥뜨릴 수가 없는 거겠지.

"그나저나 티미. 모든 고대룡들이 시기의 울음소리에 담긴 의미를 아는 것 같던데."

"그렇지."

"고대룡어로 따져봤을 때 의미가 확실히 있는 건가?"

"아직 아기이니 인간의 언어와 같은 의미는 없다. 허나 분위기는 전해진다. 그걸로 족하다."

"오호~."

그때 시기가 날개를 파닥거렸다.

"랴랴~."

"이건?"

"쓰다듬어, 라고 하는군."

의외로 단순한 의미였다.

나는 시기를 마구 쓰다듬었다.

"고대룡의 언어를 배우고 싶긴 한데……."

"제아무리 알라일지라도 인간한테는 무리다."

티미가 딱 잘라 말했다.

노력을 해보려고 마음먹었는데 조금 충격이다.

"어째서 무리지?"

"고대룡과 인간은 가청영역이 다르다. 고대룡의 언어에는 인간의 귀에는 들리지 않는 소리도 많이 쓰인다."

"그래?"

"인간은 발음조차 할 수 없는 소리도 있고."

듣고 보니 어려울 것 같다. 아쉽다.

그때 크루스가 웃으며 말했다.

"마왕의 소재지를 파악할 수 있는 보구를 보자는 얘기가 나왔다가 뒤로 미뤘잖아요!"

"어서 보물고로 가죠!!"

루카도 콧김을 뿜어대며 말했다. 보물고에 흥미가 있는가 보다.

"그렇군. 보물고에 갈까."

"기대되네~."

"보물! 보물!"

루카와 크루스가 야단을 떨었다.

티미의 안내를 받으며 보물고로 성큼성큼 걸어갔다.

"랏랴~."

시기는 내 품에 들어가 아주 기분 좋게 울고 있다.

"못모~."

"모피 짱, 가라~."

모피는 콜레트를 태우고서 신나게 걷고 있었다. 콜레트도 신이 났다.

여전히 모피는 사람을 태우는 것을 좋아하는 것 같다.

우리는 한동안 걸어서 보물고에 도착했다.

보물고 문은 다른 방의 문보다 튼튼하게 보였다. 여러 겹의 방어 마법이 설치된 듯했다.

"튼튼해 보이네~."

"역시 고대룡 대공의 보물고답네요."

크루스와 유리나가 감탄했다.

문을 어루만지던 크루스가 싱글벙글 웃으며 이쪽을 돌아봤다.

"알 씨라면 이거 부술 수 있습니까?"

"어렵지 않을까?"

"또또~."

대체 크루스는 나를 어떤 존재로 인식하고 있는 걸까.

나에게도 불가능은 있다. 어려운 일은 어려운 법이다.

"아니, 아니, 정말로 어려워. 소재도 단단한 것 같고, 걸려 있는 마법도 복잡하고 견고하니까."

"그런가요~. 알 씨조차 부술 수가 없다니 정말 굉장하네요!"

티미가 크루스에게 말했다.

"뒤숭숭한 얘기는 그만뒀으면 하는데."

"에헤헤, 미안, 미안."

그리고 티미는 문의 한 지점을 가리키고서 나를 봤다.

"알라여. 여기에 옥새를 대도록 해라. 아, 손가락에 끼운 채로 말이다."

"알겠어."

"랏랴~."

기뻐하는 시기를 쓰다듬고 나서 옥새를 보물고 문에 댔다.

그러자 소리도 없이 문이 서서히 열렸다.

"후와~."

"아름다워요!"

콜레트와 밀레트는 금은보화를 보고 놀란 듯했다.
“엄청난 것들이 있어요.”
“이게 뭐야…….”
유리나와 루카는 마도구의 숫자에 놀라고 있다.
보물고 안에는 누가 봐도 엄청난 마도구들이 산더미처럼 있었다.
그리고 무엇에 쓰는지 알 수 없지만, 엄청날 것 같은 마도구들도 산더미처럼 있었다.
“여긴 마왕군의 보물고보다 몇 배나 더 굉장하구나.”
“이만한 보물은 마족의 나라에도 없을 것 같구나.”
비비와 버밀리에도 감탄했다.
“어떠냐, 알라?”
“아니, 뭐라고 해야 할까, 무섭군.”
“무섭다?”
“누가 악용하거나 잘못 사용한다면 어떡하나 싶어서.”
티미가 만족스레 고개를 여러 번 끄덕였다.
“역시 알라군. 나 참, 들뜨기는커녕 냉정하게 위험성을 고려하다니. 언니께서 옥새를 맡길 만하군.”
“그런가?”
“음.”
“랴.”
시기가 품 밖으로 나오더니 두둥실 날아갔다.
“시기, 멋대로 만지면 안 된다.”

"랴? ……랴아."

시기가 조금 실망한 표정으로 돌아왔다.

이리저리 건드리다가 넘어뜨리려고 했는지도 모르겠다.

여기에 있는 모든 보물들은 시기의 소유물이다. 그러나 위험한 것이 많다.

시기가 어른이 되어 분별력을 갖출 때까지는 멋대로 사용하게 해서는 안 된다.

한편 크루스도 흥미진진해하며 마도구 쪽으로 손을 뻗으려고 했다.

"크루스도 마찬가지! 멋대로 만지면 안 돼."

"앗! 예. 알고 있어요~."

보아하니 말리지 않았으면 필시 만졌겠구나. 이러니 방심할 수가 없다.

루카도 차마 마도구를 만지지는 않았지만, 호기심까지는 억누르지 못했다.

"티미 짱, 티미 짱! 이거 뭐에 쓰는 물건이야?"

"아, 그건 말이지……, 잠깐. 그전에 목적인 마도구를 찾아내는 게 우선이다."

"그, 그러네, 미안합니다."

루카에게 해설하려다가 티미가 황급히 마도구를 찾기 시작했다.

"분명 이 근처에 있을 텐데."

한동안 찾다가 티미가 돌아왔다.

"있다, 알라."

그것은 가로세로 비율이 2:1인 타원형 지도였다.

꽤 크다. 세로 길이가 성인 남성의 키만 하다.

"이건 세계 지도인가?"

"그렇다. 이 지도에는 일단 이 별에 있는 모든 섬들이 그려져 있다."

"그거 굉장하군."

인간 사회에는 이러한 지도가 아직 없다.

공중을 고속으로 날아다니는 고대룡이기에 만들 수 있는 거겠지.

루카를 비롯하여 모두가 지도 주변으로 모여들었다.

"고대룡이 사용하는 물건치고는 작구나."

"큰 지도도 있다. 이건 간이판이다."

"그렇군."

"인족인 알라는 이쪽이 더 다루기 편할 것 같아서 말이다."

티미가 지도를 해설하기 시작했다.

"이 지도는 면적 비율은 정확하지만, 거리 비율은 정확하지 않으니 주의 바란다."

"알겠어. 그래서 어떻게 사용하는 거지?"

"음. 이 부분에 마력을 흘리면 신의 사도가 있는 곳이 빛난다."

"오호."

티미가 그렇게 말하고서 마력을 흘리자 세 군데가 빛났다.

"우와, 세 군데나 빛났어!"

"음?"

크루스가 기뻐하며 외치자 티미가 의아해하며 지도를 봤다.

"왜 그래?"

"음. 색깔을 보면 어느 신의 사도인지 알 수 있는데……."

"오호."

"우선 이 검은 것은 사신의 사도, 사왕이 있는 곳이다."

루카가 중얼거렸다.

"이 위치는 우리나라 아냐? 무르그 마을에서 가까운 것 같네."

"듣고 보니……. 평소에 쓰는 지도와 도법이 달라서 단언할 수는 없지만 그런 것 같기도 하군."

"루카와 알라의 말이 맞다. 무르그 마을에서 그리 멀지 않군."

"뭐라고……."

의외로 가까이에 있는 듯하다. 이건 달가운 오산이다.

사신의 사도와 만나기 위해서 오랜 여행을 감수해야만 한다고 생각하던 차였다.

근처에 있다니 아주 기쁘다.

"티미 짱, 티미 짱, 여기 노란색으로 흐릿하게 빛나고 있는 건 뭐야?"

"그건 태어나고 있는 파왕의 빛이다. 흐릿한 것으로 보아 갓 만들어진 것 같군."

"파왕?"

"파괴신의 사도지."

파괴신은 일단 유명하다. 새로운 문명을 일으키기 위해서 기존 문명을 부순다고 전해지는 신이다.

사악한 신으로 여겨지기도 한다.

"막 만들어지면 빛이 흐릿한가? 그렇다면 이 휘황찬란하게 빛나는 보라색은 성왕 크루스?"

극지 부근에 그 보라색 빛이 있었다. 이곳에 있는 왕은 성왕 크루스다.

역시 크루스다. 사왕의 빛보다 대단히 강하다.

그러나 티미가 무거운 목소리로 말했다.

"……성왕의 빛은 파란색이다."

"그럼 보라색은 뭐야? 용왕?"

"용왕은 보라색이 아니다. 금색이다."

"그럼 보라색 빛은 무슨 사도야?"

"……성왕의 빛은 파란색, 그리고 마왕의 빛은 빨간색이다."

티미가 그렇게 말하고서 내 눈을 물끄러미 쳐다봤다.

티미쇼알라가 진지한 표정으로 내 눈을 쳐다보고 있다.

"으음, 즉?"

"성왕은 파란색. 마왕은 빨간색. 그리고 이 극지에서 빛나고 있는 빛은 보라색이다."

"랴?"

티미쇼알라가 거듭 확인하듯 다시금 말했다.

시기쇼알라는 티미와 내 얼굴을 번갈아 보고 있다.

"파란색과 빨간색을 섞으면 보라색이 돼요."

"성왕은 크루스이니 즉 이 근처에 마왕도 있다는 뜻이네. 서로 겹쳐 있어서 빛이 강한 건가."

유리나와 루카가 심각한 표정으로 말했다.

이곳은 극지다. 달리 인간은 없다. 인간 이외의 생물도 거의 없다.

시기에게 인사를 끝마친 고대룡들도 제각기 영토로 되돌아갔다. 근처에는 없다.

다시 말해 이 안에 마왕이 있다고 생각하는 게 자연스럽다.

유리나와 루카가 비비와 버밀리에를 봤다.

"왜 이쪽을 보는 것이더냐! 이 몸은 마왕이 아니다."

"이 몸도 아니다……."

비비와 버밀리에가 당혹스러워하면서 부정했다.

유리나는 냉정했다.

"아직 자각하지 못했을 뿐인지도 몰라요."

"이 몸도, 언니도 아니라고 생각하느니라. 마왕은 훨씬 더 강하지 않느냐."

"요즘에 비비 짱, 마법진을 그리는 속도가 이상하리만치 빨라졌지."

"그건 훈련 덕분이지 않느냐!"

유리나와 루카 모두 따지는 말투는 아니었다. 가능성을 냉정하게 지적하고 있다는 느낌이다.

그러나 비비와 버밀리에 모두 결단코 부정했다.

그것도 당연하다. 마왕과 용사 사이에는 기나긴 전쟁의 역사가 있다.

"못모!"

"모피, 그대는 믿어주는 것이더냐."

모피가 비비에게 몸을 비볐다.

기쁜지 비비가 모피를 끌어안았다.

모피가 비비의 손을 덥석 물었다.

"못뉴못뉴."

"후후후, 그만두거라."

비비가 기뻐하는 듯한 얼굴로 모피를 쓰다듬었다.

"성신의 사도의 권속쯤 되는 성수 모피가 저리도 맛있게 비비의 손을 우물거리고 있지 않느냐!"

버밀리에가 비비와 모피를 가리키며 말했다.

"그러니 비비는 마왕이 아닌 것이다!"

"그건 별로 관계가 없지 않나?"

"그래요."

그러나 루카와 유리나가 부정했다.

나도 모피라면 마왕의 손가락일지라도 우물거릴 게 틀림없다고 생각한다.

크루스가 웃으며 고개를 갸웃거렸다.

"아니, 비비 짱은 아니지~."

"왜 그렇게 생각하는 건가요?"

"크루스, 근거가 있어?"

유리나와 루카가 묻자 크루스가 잠시 생각하는 듯한 자세를 취했다.

그리고 체념한 듯했다.

"왜냐면 분명히 아닌걸."

"다시 말해서 근거는 없다는 거네?"

"크루스답네요."

유리나와 루카가 어이없어했다.

비비가 감격했는지 크루스의 손을 잡았다. 더욱이 모피가 우물거렸던 손으로 말이다.

"크루스~, 고맙구나~. 그대는 믿어줄 거라고 생각했느니라."

"왠지, 끈적거리는데!"

그건 모피의 침이겠지.

비비는 감동한 나머지 울먹였다.

"이런 때 크루스의 감은 빗나간 적이 없으니까. 근거가 없더라도 믿을 수 있어."

내가 말하자 루카와 유리나도 수긍했다.

"분명 그렇긴 하네요. 이 근처에 다른 마족이 숨어 있을 가능성도 고려하는 편이 나을지도."

"티미 짱. 누군가가 궁전에 침입했을 가능성은 있어? 시기 짱이 천조하기 전까지 방어가 불완전했잖아?"

"애당초 마왕이라면 천조를 한 뒤에라도 침입했을 가능성이 있어. 마인왕의 침입을 허용했듯이."

"그런가. 일단 이 부근을 수색하는 편이 좋을지도 모르겠네요."

크루스는 그런 대화에 흥미가 없는지 모피를 쓰다듬기만 했다.

그리고 별일 아니라는 듯 말했다.

"아니, 수색하고 말 것도 없이 마왕은 알 씨잖아?"

크루스가 나를 똑바로 쳐다봤다.

주위가 조용해졌다.

"……그런, 설마."

내가 중얼거리자마자…….

"우~~웃!"

펨이 재빨리 나와 크루스 사이에 끼어들었다. 꼬리를 높이 세우고 있다.

펨이 크루스를 향해 으르렁거렸다.

용사인 크루스가 나를 공격할까 봐 경계하고 있는 거겠지.

"잠깐 크루스. 알이 마왕일 리가 없잖아?"

"맞아요. 역시나 그건 아니라고 봐요."

"이 몸은 설령 마왕일지라도 동료로 여길 거다!"

다들 나를 두둔해 주고 있다. 고마운 이야기다.

한편 크루스는 엄청난 속도로 펨을 와락 끌어안았다.

너무 빨라서 펨도 반응하지 못했다.

"우? 으으우~웃."

"펨 짱, 착~하다, 착해."

"읔우우우."

크루스가 쓰다듬자 펨은 경계심을 유지할 수가 없는 듯했다.

한껏 으르렁거렸던 펨을 크루스가 마구 쓰다듬었다.

크루스가 생긋 웃었다.

"알 씨가 마왕인 건 틀림없다고 생각하는데."

비비가 크루스의 팔을 붙잡았다.

"설령 그렇다고 치더라도! 알을 죽이려고 하면 쓰겠느냐."

"어, 어째서, 제가 알 씨를 죽여야만 하는 건가요!"

"어? 안 죽일 것이냐?"

"비비 짱, 발상이 무서워……."

크루스가 진심으로 난처해하고 있다.

비비가 걱정하는 바를 잘 알겠다. 용사와 마왕은 서로 죽고 죽이는 전쟁을 벌여온 역사가 있으니.

"마왕 아찌! 줄여서 마왕찌! 멋있어!"

"알 씨, 왕이라니 대단해요."

콜레트와 밀레트 자매는 감탄하고 있다. 내가 마왕이라고 해도 전혀 안 무서운가 보다.

고마운 이야기다.

그러나 마왕찌라는 호칭은 창피하니 부디 그만뒀으면 좋겠다.

"못모!"

모피가 내 손을 물려고 다가왔다. 일단 물도록 내버려 뒀다.

"모뉴모뉴."

모피 나름대로 긴장하고 있는 거겠지.

"랏랴."

시기도 내 얼굴을 핥고 있다. 시기 나름대로 걱정하고 있는지도 모르겠다.

"멋있어요! 좋겠다~. 나도 성왕보다 마왕이 좋은데~."

"크루스, 너 무슨 소리를 하는 거야."

"엥~, 하지만 멋있잖아~."

크루스 나름대로 긴장을 풀어 주려고 애쓴 걸지도 모른다.

아니, 천하의 크루스다. 정말로 마왕이 더 멋있다고 생각했을 가능성도 있다.

크루스의 진의는 알 수가 없다.

"알라가 마왕이라고 해도 이상하지 않다고 해야 할지, 마왕은 되어야 그 강력한 힘을 설명할 수 있다고 해야 할지."

"으~음. 크루스가 그렇게 말하니 가능성은 높다고 생각해요."

"하지만 마족이 아닌 마왕이라니……."

"알은 마족보다도 마력이 더 높으니."

티미와 유리나, 루카, 비비가 진지한 표정으로 검토하기 시작했다.

생각에 잠겨 있던 버밀리에가 말했다.

"역사를 살펴보면, 마족이 아닌 마왕도 적지 않느니라."

"그래?"

"음. 허나…… 이 지도만으로는 너무 커서 확정할 수가 없구나."
"세계지도라서 세세한 부분까지는 표시할 수가 없다."
서로 그런 이야기들을 나눴다.
"난 마왕이 된 기억이 없는데."
"저도 용사가 된 기억은 없어요~."
"그래?"
"예!"
그리고 크루스가 생긋 웃고서 내 손을 잡았다.
철퍽, 하는 소리가 들렸다. 모피의 침이겠지.
"알 씨와 제가 신의 사도라니 똑같네요!"
"애당초 신이 다르잖아……, 아니, 내가 아직 마왕이라고 확정된 건……."
"아니, 아니, 알 씨는 마왕이에요~."
내가 마왕이라고 판단하고 있는 크루스의 근거는 감에 불과하다.
그러나 크루스의 감을 무시할 수는 없다.
나는 내가 마왕이 아닐까? 하는 생각을 어렴풋하게 하기 시작했다.
"짝이네요!"
"오, 오."
이 당혹스러움을 크루스는 전혀 개의치 않았다. 순수하게 기뻐하는 듯했다.
저토록 기뻐하는 걸 보니 아무렴 어떠랴 싶기도 하다.

나와 크루스를 내버려두고서 의논을 하던 비비가 말했다.

"일단 알만 전이 마법진을 통해 마을로 돌아가면 되느니라. 지도 위 마왕의 표식이 움직이면 알이 마왕이라는 뜻이니."

"분명 그렇겠네요."

"시도해 보자."

다 함께 지도형 보구를 든 채로 전이 마법진 방으로 이동했다.

"그럼, 간다."

나는 지도를 든 채로 무르그 마을로 돌아갔다.

[어떤가?]

"표식은 어떻게 됐느냐?"

"랴."

마을까지 따라온 펨과 비비와 시기가 지도를 들여다봤다.

붉은 표식이 무르그 마을 부근으로 이동했다. 크루스를 나타내는 파란색 표식은 여전히 극지에 있다.

"진짜였다니……."

"어쩌면 이 몸이 마왕일 가능성도 있느니라. 이 몸만 극지로 돌아가 보겠다."

비비가 마법진을 통해 극지로 사라졌지만, 마왕을 표시하는 붉은 표식은 꼼짝도 하지 않았다.

[……펨일 가능성도 있다. 돌아가 보겠다.]

"응. 부탁해."

펨도 돌아갔지만 붉은 표식은 움직이지 않았다.

"이거, 정말로 나일지도 모르겠군……."

"랴아."

그 뒤에 패턴을 바꿔보며 여러모로 시도해봤다. 시기도 따로 극지로 보내보기도 했다.

결국 내가 마왕임이 틀림없는 듯했다.

내가 마왕인 것 같다는 가능성을 확인한 뒤 일단 극지 궁전으로 돌아갔다.

크루스는 웃고 있었다.

"알 씨! 축하합니다!"

"어?"

"크으~, 알 씨는 여간내기가 아닐 줄 알았어요~."

크루스가 고개를 연신 끄덕였다.

용사인 주제에 마왕에게 아무런 적개심도 갖고 있지 않은 듯하다.

"크루스. 아마도 내가 마왕인 것 같은데 안 쓰러뜨려도 되나?"

"왜요?"

크루스가 진심으로 모르겠다는 눈치였다.

"왜냐니? 용사는 마왕을 쓰러뜨려야 하잖아."

"아니에요~. 이전의 마왕도 침략을 개시했기 때문에 토벌한 거였잖아요?"

"그건, 그럴지도 모르겠지만……."

그때 크루스가 생각에 잠겼다.

이마에 손을 대고서 음음, 하고 끙끙거렸다.

"크루스, 왜 그래?"

"아니, 알 씨가 침략을 개시하면 어떡하나 싶어서."

"역시 토벌할 건가?"

"으~음……."

크루스가 진심으로 고민하고 있다.

이때다 싶었는지 모피가 생각에 잠겨 가만히 서있는 크루스에게 즉각 다가갔다.

옷을 물기도 하고, 냄새를 맡기도 하고, 날름날름 핥기도 하는 등 제 마음대로 했다.

손도 우물거리고 싶어 하는 눈치였지만, 크루스가 두 손으로 머리를 싸쥐고 있어서 불가능했다.

"우선 구 마왕성을 함락하죠!"

크루스가 뜬금없는 소리를 내뱉었다.

"하?"

"크루스, 뭔 소리야?"

나와 루카가 무심코 큰소리로 의아해했다.

"뭐냐뇨, 침략할 방법 말이에요! 마왕성을 거점으로 삼으면 침략이 수월해질 거예요."

"마왕이 된 알이 침략을 개시하면 토벌할지 말지 고민하던 거 아니었어?"

"왜 내가 알 씨를 토벌해야 하는 겁니까?"

크루스가 진지한 표정으로 말했다.

"침략할 때는 말해 주세요! 저도 거들 테니까."

"오, 오……. 그거 참 고마운 말이긴 한데……."

"그래도 사람을 죽이는 건 안 돼요! 가엾잖아요. 성을 무너뜨려서 항복시키는 방향으로 가죠!"

크루스의 작전은 너무 낙관적이다.

성을 파괴한 것 정도로는 인간은 항복하지 않겠지.

"크루스, 알, 대체 뭔 소리들을 하는 거야!"

루카가 어이없어했다. 그러나 유리나는 그 모습을 보고서 만족스레 고개를 끄덕였다.

"크루스는 동료애가 깊네요. 그게 크루스의 장점이에요."

"동료애……, 라고 해도 될는지."

비비가 내 손을 잡았다.

그 광경을 보고서 모피가 재빨리 다가왔다. 요즘에 모피는 심각할 정도로 손에 집착한다.

어쩌면 어미 소와의 스킨십이 부족했던 걸까.

"마왕은 반드시 마족의 왕이 되어야만 한다는 규칙이 있는 건 아니니라. 알이 마음대로 하면 되느니."

"그런가, 고마워."

"물론 마족의 왕이 되더라도 좋긴 하다만."

"마족의 왕이 될 생각은 없……다고 봐야 하지 않을까?"

"그래도 상관없다고 이 몸은 생각하느니라!"

비비가 왠지 기뻐하는 눈치였다.

“일단 알이 마왕이라는 사실은 숨기는 편이 낫겠네.”

“그래요. 큰 소동이 벌어질 테니.”

내가 마왕이 되었다는 사실이 알려지면 왕국의 수뇌부가 잠자코 있지 않겠지.

그것은 교회 조직이나 모험가 길드도 마찬가지다.

그리고 과격파 마족들도 소란을 피울 게 틀림없다. 전란의 불씨가 될지도 모른다.

“만약에 내가 마왕이 맞더라도 딱히 뭔가 할 생각은 없어. 그러니 다들 비밀로 해주길 바라.”

나는 시골 경비병 업무가 마음에 든다.

무르그 마을의 경비병은 아주 자유롭다. 경비 업무조차 대충해도 될 정도로 느슨하다.

왕도 경비병은 상상조차 할 수 없는 여유다.

“알겠느니라.”

“모험가 길드에도 보고하지 않을게.”

“교회에도 말하지 않겠어요.”

다들 비밀로 해줄 것 같다.

“아찌, 마왕이라니 멋있어!”

“마을 사람들한테도 비밀이다!”

“알겠어! 비밀.”

콜레트가 진지한 얼굴로 손으로 입을 막았다. 귀엽다.

"저, 마왕의 제자가 된 셈이네요. 현자의 제자보다도 멋있어요."

밀레트도 농담투로 그렇게 말해 줬다. 분위기를 깨지 않으려고 주의하고 있다.

겁을 먹지 않아서 다행이다.

"밀레트, 콜레트 모두 고맙다."

"천만에요?"

"아찌, 신경 쓰지 마!"

루카가 진지한 얼굴로 말한다.

"그나저나 왜 알이 마왕이 된 걸까?"

"알 씨가 강하니까!"

"꼭 강해야만 마왕이 되는 건 아닌 것 같다."

루카의 말을 부정하듯 티미쇼알라가 고개를 가로저었다.

"아니, 기본적으로 마신은 마법에 재능이 있는 자를 좋아한다고 들었다."

"전 마왕보다 알이 마법 재능이 더 뛰어나서 선택됐다는 뜻?"

"가능성은 높다. 물론 신의 의지다. 제아무리 우리가 추측해 본들 진의를 밝혀내기란 불가능할 테지만."

"신의 의지는 알 수가 없다……라."

"음. 여태껏 마왕은 당대에서 마법 재능이 가장 뛰어난 자가 선택됐다. 과거를 바탕으로 추측해봤을 따름이다."

신의 뜻은 알 수가 없다. 의도도 알 수 없다.

그러나 과거 경향이 그렇다면 그런 걸지도 모르겠다.

"언제부터 마왕이 된 걸까."

루카가 묻자 티미가 대답했다.

"이 몸이 생각하기에는 마왕을 쓰러뜨린 뒤가 아닌가 싶다."

"토벌당하면서 마왕이 가호를 상실했을 가능성이 높을 것 같은데."

"마왕을 뛰어넘는 마법 재능과 능력을 가진 알라가 출현해서 마왕은 신의 가호를 잃었을지도."

"그럼 그때부터 이미 마왕이었던 거 아냐?"

그렇다면 용사가 현 마왕을 데리고서 전 마왕을 쓰러뜨렸다는 뜻이 된다.

"전 마왕이 마신의 가호를 상실했다고 해서 곧바로 새로운 사도가 탄생하는 것은 아니다. 어디까지나 과거 사례만 봤을 때는."

"과연."

"마왕을 뛰어넘는 재능을 가진 알라가 출현하여 마신의 사도 자리가 공석이 됐다. 그 후에 알라가 마왕을 쓰러뜨려 마왕에 취임했을 가능성이 가장 높을지도 모르겠군."

"교체? 아니, 교대 같은 건가?"

"과거에 그런 사례가 상당히 많았다."

그리고 티미가 내 왼쪽 무릎을 쳐다봤다.

"'불사의 존재를 죽이는 화살'은 사신(死神)의 영역이다. 그래서 마신의 가호를 받은 알한테는 효과가 약화됐을지도."

"꽤나 고통스러운데……."

돌이 성장하면 엄청 아프다. 이런데도 효과가 약화됐다는 건가?

티미가 시기쇼알라를 쓰다듬었다.

“언니의 최후를 이 몸도 들었다. 밤마다 고통에 겨워하며 비명을 질렀다지.”

“……그렇지.”

“언니는 정신력이 강해서 고통에도 강하다. 고결하고 긍지가 드높아서 어지간하지 않으면 크게 울지 않는다.”

지르니드라는 내가 맛봤던 것 이상의 고통을 맛봤는지도 모른다.

“랴?”

“그래, 언니, 다시 말해 그대의 어머님은 훌륭했다.”

“랴아.”

시기가 티미에게 몸을 살며시 기댔다.

“게다가 마법을 사용하면 돌이 성장하는 이유도 마력이 마신의 가호이기 때문이겠지.”

“그런 건가?”

“음.”

유리나가 내 왼쪽 무릎을 보면서 말했다.

“아마도 마신의 가호를 마왕을 쓰러뜨린 직후에 받았을 텐데……, 요즘에 돌이 성장하는 속도가 빨라지고 있어요.”

“듣고 보니. 옛날에는 마법을 써도 돌이 성장하지 않았는데.”

“요즘에는 조금만 써도 돌이 성장하더군.”

시기를 쓰다듬고 있던 티미가 말한다.

"흠. 그렇다면 사신의 사도인 사왕이 힘을 키운 것 같다만."

"그건 그것대로 성가시군."

"사왕과 대화를 나누는 게 급선무일 것 같다."

향후 방침이 정해지자 우리는 무르그 마을로 돌아가기로 했다.

"알라. 이 보구는 그대로 갖고 있는 게 좋겠다."

"괜찮겠어?"

그 보구란 신의 사도의 위치를 알 수 있는 마법 지도다.

"음. 언니께서 옥새를 알라한테 맡겼으니까. 게다가 그게 없으면 사왕을 찾는 것도 힘들겠지."

"그런가. 그럼 감사히 빌리도록 할게."

나는 지도를 마법 가방에 소중히 넣었다.

이야기도 끝났기에 다 함께 전이 마법진 쪽으로 향했다.

모두의 뒷모습을 보면서 나는 옆에 있는 펨에게 속삭였다.

"고맙다."

"와후?"

"그때 나랑 크루스 사이에 끼어들어 줘서. 지켜 주려고 했던 거잖아."

크루스가 나를 마왕이라고 지목했을 때 펨은 크루스를 위협하며 으르렁거렸다.

크루스는 용사다. 제아무리 마랑왕이자 마천랑인 펨일지라도 이길 수 없다.

그럼에도 대항해 준 것이다.

[와후! 아니다!]

"무슨 소리?"

[음, 그것이…….]

"일단 고마워. 굉장히 기뻤다."

나는 펨을 꼭 끌어안았다.

"와후우."

펨이 작은 소리로 울더니 꼬리를 천천히 휘저었다.

무르그 마을로 돌아가니 해가 지고 있었다. 난방이 되는 궁전에 비해 쌀쌀하다.

이미 완연한 가을이다.

크루스는 석양을 보고서 눈을 가늘게 떴다.

"여름이 끝나니 쓸쓸한 기분이 드네요~."

"랴아."

시기쇼알라도 뭔가 느낀 바가 있는지 한 번 울었다.

시기에게는 첫 번째로 맞이하는 가을이다.

나에게는 첫 번째 가을에 관한 기억이 없다. 평범한 인간들을 다 그렇겠지.

"시기, 이제 가을이 다 됐다."

"랴?"

"앞으로 점점 추워질 거야."

"랴아."

"가을이 끝나면 겨울이 와. 더 추워진다고."

"랴, 랴아."

시기가 조금 불안해하는 듯 보였다.

그래서 나는 머리를 부드럽게 쓰다듬었다.

"하지만 겨울이 끝나면 점점 따뜻해지니 안심해."

"랴아."

시기가 안심한 듯했다.

아기라서 계절의 순환도 처음 겪어보는 것이다.

어떤 기분일까.

고대룡 시기는 앞으로 가을을 수만 번 맞이할지도 모른다.

그러나 첫 가을은 이번뿐이다.

"가을을 즐기기 위해서 다음에 외출이나 할까."

"랴아."

[겨울을 대비하고자 곰의 움직임이 활발해질 거다. 영역 다툼도 격렬해지겠지.]

"랴랴!"

[시기도 사냥하러 갈 건가?]

"랴아!"

시기는 사냥에 나가고 싶은 듯했다.

한동안 바빴기에 친하게 지내는 새끼 마랑들과도 며칠째 놀지 못했다.

다음에 놀게 해주는 게 좋겠다.

그렇게 생각하고 있으니 밀레트가 말했다.

"알 씨, 저녁 전에 온천에 몸을 담그는 게 어떨까요?"

"아아, 그렇게 할까."

"랴아."

"못모~."

"와후와후."
마수들도 크게 기뻐했다. 다 함께 온천으로 향했다.
경비병 처소 안에 온천이 있어서 대단히 편리하다.
"노을에 즐기는 온천도 끝내주죠~."
"그렇지!"
당연하다는 듯 크루스와 비비도 따라오려고 했다.
혼욕에 거부감이 없는 건가?
"적당히 좀 해!!"
"맞아요."
"비비. 이 언니는 널 그런 아이로 키운 기억이 없다만."
상식파들이 크루스와 비비를 만류했다.
분명 설교를 늘어놓겠지.
나는 그 틈에 마수들을 데리고서 온천으로 발걸음을 했다.
평소처럼 마수들을 씻기고 나서 욕탕에 들어갔다.
"랏랴~."
"시기도 온천을 좋아하는군. 기분 좋냐?"
"랴아!"
시기는 헤엄도 잘 친다. 상당히 빠르게 쭉쭉 물을 갈랐다.
모피와 펨은 얌전히 몸을 담그고 있다.
나도 욕탕에 기대어 멍하니 있으니 펨이 다가왔다.
[무릎은 어떤가?]
"아주 좋아."

[온천이 무릎에 좋은 거로군?]

"그래. 본격적인 통증이 시작되기 전이라면 상당히 나아지는 듯한 기분이 느껴져."

통증이 도진 뒤에는 몸을 담가도 거의 효과가 없었다.

그러나 아파지기 전에 들어가면 괜찮아지는 것 같은 기분이 든다.

[마왕의 가호가 마력이라서 그런지 마력이 함유된 물이 잘 듣는 것 같군?]

"그런지도 모르지."

이유는 모르겠지만 실제로 효과가 있다면 그것으로 족하다.

충분히 만끽한 뒤에 온천을 나왔다.

그 후에 저녁밥을 먹고서 나는 침실로 향했다.

오늘은 일찍 자려고 마음먹었다.

한편 크루스와 일행들은 저녁밥을 먹고 나서 온천으로 향했다.

내가 침대에 눕자 시기가 배 위에 올라타고서 몸을 말았다.

모피도 어리광을 부리는지 턱을 내 가슴에 얹었다. 조금 무겁다.

펨은 평소처럼 내 머리 위에 자리하고 있다.

마수들을 쓰다듬으면서 잠시 생각했다.

어째서 마신이 나를 선택한 걸까.

과연 마왕이란 단 한 명뿐인 걸까.

그런 생각을 하고 있으니 목욕을 끝낸 크루스가 다가왔다.

무릎에 걸려 있는 저주를 억눌러 주기 위해서 와준 것이다.

"알 씨, 무릎 상태는 어떻습니까~?"

"덕분에 오늘은 상태가 좋군."

"그런가요? 다행입니다! 내일이라도 당장 사왕을 만나러 가죠!"

크루스는 그렇게 말하면서 모피 옆에 벌러덩 누웠다.

나, 모피, 크루스가 누워 있는 배치다.

"뭇모!"

"모피, 왜 그래?"

모피가 기뻐하며 크루스에게 어리광을 부리기 시작했다.

배 부근에 코를 들이밀고 있다.

크루스와 모피가 사이좋게 장난을 치기 시작했다.

한편 나는 그 광경을 보면서, 시기를 쓰다듬으면서 마왕에 관해 생각했다.

"알 씨, 왜 그럽니까?"

문득 정신을 차리고 보니 크루스가 이쪽을 보고 있었다.

어리둥절해하고 있다.

"응? 왜?"

"뭔가, 복잡한 생각을 하는 것 같은 표정이길래."

"그렇지."

나는 머릿속 생각을 말해보기로 했다.

"마왕 말이야. 아, 전 마왕 말인데."

"예."

"비비와 버밀리에의 말에 따르면 전 마왕이 꽤 성실하게 통치했다고 하더라."

"그러고 보니 그런 말도 했었죠."

마왕의 통치는 본격적이었다. 마족 영토를 보다 개선하려고 시도했던 것 같다.

그래서 토양을 개선하기 위해 비비를 사천왕으로서 영입하기도 했다.

숲을 실효지배하고 있는 버밀리에 역시 존속을 허용해 줬다.

전 마왕이 일반적인 인식처럼 흉악했다면 린드발 숲을 불살라 버렸을지도 모른다.

"근데 갑자기 침략을 개시했지."

"그러네요~. 그래서 우리들한테 토벌하라는 지령이 내려온 거니까요."

"방침을 전환하자마자 마왕은 좀비를 전력으로서 부리기 시작했지."

"그러고 보니 그랬어요."

"그렇다면 마신의 가호를 상실하고 사신의 사도의 권속이 된 뒤에 침략을 개시했다는 뜻인가."

크루스가 진지한 얼굴로 생각했다.

"분명 그럴지도 모르겠네요."

"전 마왕이 했던 최후의 말을 기억하나?"

"뭐였더라?"

"'용서 못 한다. 네놈만은……'였을 거야."

"그랬던가?"

크루스가 고개를 갸웃거렸다.
전 마왕의 최후의 말은 나에게 던지는 것이었다.
용사가 아니라 나에게 보내는 말이었던 것이다.
그 직후에 '불사의 존재를 죽이는 화살'을 맞았기에 나는 그 말을 잊을 수가 없다.
"전 마왕은 가호를 상실한 이유를 알고 있었을지도 모르겠군."
"으~음. 그럴까요."
크루스는 별로 납득하지 못하는 듯했다.
"전투 중에 깨달았을지도."
"아, 그 의견은 그럴듯하네요."
"그치?"
"알 씨는 강하니까. 자기보다 마력이 강력해 보이는 마도사를 보고서 깨달은 거라면 납득이 됩니다."
전 마왕이 나라는 존재를 언제 인식했는지는 알 수가 없다.
그러나 마신의 가호를 상실했음을 이른 시기에 깨달았겠지.
그리고 자신보다 더 강대한 마력을 지닌 자가 출현했을지도 모른다는 가능성까지 떠올렸을 수도 있다.
하극상이 벌어질까 위기감을 느낀 전 마왕은 사왕의 권속이 되어 침략을 개시했겠지.
티미는 전 마왕이 토벌되면 새로운 마왕이 탄생하는 게 보통이라고 했다.
가호를 상실한 전 마왕과 아직 가호를 받지 않은 마왕 후보.

양자 중에서 살아남은 자를 마왕으로 삼겠다는 것이 마신의 방침이겠지.

그렇다면 전 마왕이 침략한 이유는 마왕 후보, 즉 나를 토벌하기 위해서였을지도 모르겠다.

"새로운 마왕 후보가 출현하지 않았다면, 즉 내가 없었다면 전 마왕은 계속 좋은 왕으로 남았을지도 모르겠군."

"으~음. 그럴지도 모르겠지만요~."

"그리 생각하니 나 때문에 마왕군한테 피해를 입은 것 같군."

"그건 아니에요~."

크루스가 웃으며 즉답했다.

"마왕군의 악행은 마왕군의 책임이잖아요? 알 씨 탓이 아닙니다."

"그렇지만."

"아무리 하극상을 막고 싶었다고 해도 침략만이 유일한 길인 것도 아니고."

크루스가 자신 있게 말했다.

한편 모피는 슬며시 내 손을 물기 시작했다.

만류할까도 싶었지만 모피가 아주 졸려 보여서 그냥 놔뒀다.

"사신의 권속이 되지 않고도 뭔가 방법이 있었을 겁니다."

"그런가."

"예. 전부, 전 마왕이 선택한 길입니다."

크루스가 그렇게 말하니 그런 것 같다는 생각이 들었다.

"그러니 알 씨의 책임이 아니에요."
"그런가? 마음이 편해졌어. 고마워."
"에헤헤."
크루스가 뺨을 살짝 붉혔다.
"모뉴모뉴."
모피는 꾸벅꾸벅 졸면서 내 손가락을 물고 있었다.
나와 크루스는 서로 마주보며 웃었다.
그 후에 우리는 그대로 잠들었다.
평소보다 기분 좋게 푹 잤다.

그러나 나는 한밤중에 눈을 떴다. 이변을 감지해서였다.
내 손을 문 채로 모피가 부들부들 떨고 있었다.
부들부들 떨고 있는 모피를 보고도 나는 당황하지 않았다.
펨이 마천랑이 됐을 때와 유사한 상황이었기 때문이다.
"왜 그래요? ……아, 모피! 모피, 괜찮아!?"
그러나 크루스는 당황했다.
나는 냉정하게 모피의 입에서 손을 뺀 뒤 진맥을 하며 호흡을 살폈다.
이상은 없는 것 같다.
"딱히 이상은 없는 것 같아."
"아뇨, 부들부들 떨고 있는 것 자체가 이상한 것 같은데요."
크루스의 말에도 일리가 있다.

"와후?"

"랴아?"

펨과 시기쇼알라도 깨어났다.

걱정스레 모피의 냄새를 맡고 있다.

"펨이 마천랑이 됐을 때처럼 무언가 변화가 일어났을지도 몰라."

"그, 그럴지도 모르겠어요."

"크루스, 뭔가 느껴져?"

성신의 사도인 크루스는 그런 것을 감지하는 감각이 예리하다.

나도 마신의 사도라고 하지만, 크루스만큼 예리하지는 않다.

예리한 감각은 성스러운 신의 특수 능력일지도 모르겠다.

크루스가 모피를 주의 깊게 살폈다.

나도 모피를 부드럽게 쓰다듬어줬다.

그러는 사이에 모피의 떨림이 잦아들었다.

"모후우~모후우."

코피가 숨소리를 내며 잠들었다. 평소보다 잠꼬대(?)가 크게 들리는 것 같은데 착각이겠지.

다시 조용히 잠든 것 역시 펨 때와 동일하다. 일단은 안심이다.

"모피. 모피."

"……모훗?"

모피가 눈을 떴다. 졸린 눈을 비벼대고 있다.

그리고 주변을 두리번거리고서 고개를 갸웃거렸다.

"모?"

"모피, 왠지 부들부들 떨던데, 괜찮나?"

"모우."

모피는 자각이 없는 듯하다.

모피를 살펴보던 크루스가 팔짱을 꼈다.

"……마우."

"모?"

"크루스, 마우가 뭐야?"

마우. 마수 소를 마우(魔牛)라고 부르기도 한다.

마수 멧돼지를 마저(魔猪)라고 부르는 것처럼.

크루스는 모피가 마수 소가 됐다고 보는 건가?

"그게 말이죠. 모피는 성수(聖獸)였잖아요."

"그렇지. 스켈레톤이었는데 크루스가 성별하여 성수가 됐지."

"예. 근데 지금 모피한테서 마력(魔力)이 느껴져요!"

참고로 예외가 있기는 하지만, 일반적으로 마수가 성수보다 격이 더 낮다.

만약에 모피가 마수가 되어버렸다면 약해졌다는 뜻이다.

"이럴 수가……. 모피가 이제 성수가 아니란 말인가."

"모?"

모피는 잘 모르겠다는 표정이다.

가엾어서 나는 모피를 꼭 끌어안았다.

"못모."

모피는 그것이 기쁜지 내 얼굴을 날름날름 핥아줬다.

마왕인 내 손을 너무 우물거려서 마수가 돼버린 걸까.

"내가, 손을 빨도록 허락하지만 않았다면……."

"모?"

내가 후회하든 말든 아랑곳없이 모피가 넌지시 내 손을 물었다.

"모뉴, 모뉴."

"……이제 늦어 버렸군. 이제 마음껏 빨도록 해."

마수가 되기 전이었다면, 빨지 못하도록 만류하는 의미가 있었겠지.

그러나 이미 마수가 되었으니 새삼스레 말려봤자 의미가 없다.

그렇다면 내키는 대로 빨도록 해줘야만 한다.

"내 손을 맨날 빨아서 모피가 마수가 돼버렸다……."

"알 씨. 무슨 소리입니까?"

"무슨 소리냐니, 모피가 마수가 됐잖아?"

"모뉴모뉴."

모피는 크루스와 나를 보면서 모뉴모뉴, 하고 빨고 있다.

펨이 걱정스레 모피의 등을 핥고 있었다. 털 고르기를 하는 거겠지.

시기는 자그마한 손으로 모피의 머리를 쓰다듬고 있다.

"알 씨……. 성수가 마수가 될 리가 없잖습니까."

크루스가 기가 막힌다는 듯 말했다. 일반적으로는 맞는 말이다.

그러나 성마(聖魔)를 가리지 않고 신의 가호란 일반적이지 않다.

"……모피는 마수가 된 게 아니었나?"

"여전히 성수인데요?"

"그런가."

그렇다면 손을 빨지 못하도록 막는 편이 나을지도 모른다.

나는 모피의 입에서 손을 슬며시 뽑았다.

"모우!"

모피가 항의하며 목소리를 높였다.

나는 크루스의 손을 쥐고서 모피의 코끝으로 가져갔다.

"내 손은 몸에 해로울지도 몰라. 차라리 크루스의 손을 우물거리도록 해."

"……모우."

모피가 조금 실망한 것처럼 보였다.

그러고는 별 수 없다며 크루스의 손을 우물거리기 시작했다.

크루스는 얌전히 모피에게 손을 맡겼다.

"알 씨의 손은 딱히 몸에 해로울 것 같지 않은데요."

"그래도 마왕이니까. 마수라도 되면 곤란하니까."

"알 씨의 손을 물었다고 해서 마수가 되지는 않아요!"

"그런가? 그래도 모피한테서 마력이 느껴진다고 했잖아?"

"그래요. 그래서 마우입니다."

무슨 소리인지 모르겠다.

일반적으로 마우란 마수 소를 가리킨다.

"성별한 짐승이라서 성수라고 부르잖아요? 그러니 마별했으니까 마우입니다."

"……마별(魔別)."
처음 듣는 단어다. 크루스는 의외로 박식한지도 모르겠다.
"제가 방금 고안했습니다! 마우란 단어도, 마별이란 단어도."
"아아, 그래."
박식한 게 아니었나 보다.
"모피는 단순히 성스러운 힘과 마력을 동시에 가진 소가 된 거예요!"
"오호라?"
"마신의 권속이자 성신의 권속이란 말이죠! 대단해요."
"못?"
모피는 여전히 크루스의 손을 물고 있다.
"이거 봐요. 뿔도 조금 커졌고요."
"듣고 보니 그런 것 같기도……."
알려주지 않았다면 알아차리지 못했을 만큼 소소한 변화다.
온몸이 새하얗게 변했던 펨과는 비교할 수가 없다.
크루스가 모피를 쓰다듬으며 중얼거렸다.
"성과 마가 합쳐지다니 최강이야……."
"못모~."
"최강의 소가 된 모피."
"못?"
그리고 크루스가 나를 쳐다봤다.
"그러니 알 씨의 손은 몸에 나쁘지 않습니다!"

크루스가 몸을 앞으로 기울였다. 숨결이 닿을 만큼 얼굴이 가깝다.

"그, 그렇군. 그럼 다행이고."

"예! 그러니까 이런 것도 가능합니다!"

크루스가 내 손을 쥐더니 손가락을 입에 쏙 넣었다.

나는 어지간하지 않으면 꺼려하지 않는데, 이건 역시나 꺼려진다.

"크루스, 그건 역시 더러워."

"더럽지 않습니다!"

크루스가 그렇게 말했지만, 나는 그녀의 입에서 손가락을 뺐다.

"성과 마의 힘이 합쳐져 최강이 된 모피는……."

크루스가 내 얼굴을 물끄러미 쳐다봤다.

"요컨대 저랑 알 씨의 자식 같은 존재군요!"

"자식?"

"예. 둘이서 자애롭게 키워 낸……, 즉, 사랑의 결정……."

"아니, 그건 아니지 않나?"

크루스는 필시 사랑의 결정이 무슨 의미인지 모른다.

바로 그때 문 쪽에서 목소리가 들려왔다.

"잠깐. 대체 무슨 이야기를 하고 있는 거죠?"

"아, 유리나."

"소란스러워서 와봤더니만…… 사랑의 결정은 대체 무슨 소린가요?"

"나랑 알 씨의 자식 같은……."

"하아?"

크루스가 웃으며 그렇게 말했다. 모피는 자식 같은 존재라고 말하고 싶었나 보다.

유리나의 눈에 분노가 서렸다.

"나랑 알 씨가 둘이서 낳은 사랑의 결정이 자라났어!"

크루스가 그렇게 말하면서 또 내 손가락을 물었다.

유리나가 엄청난 속도로 달려들었다. 도무지 힐러로는 보이지 않는 몸놀림이다.

"에잇!"

"우와아!"

유리나가 크루스의 입에서 내 손가락을 뽑았다.

"알! 당신, 대체 뭘 시키는 거예요!"

"아니, 내가 시킨 게 아니라……."

"으익~!"

나는 화난 유리나를 달래는 데 온 힘을 쏟았다.

이러는 사이에 비비와 루카, 밀레트까지 들어왔다.

크루스의 배에 주목하고 있는 사람들에게 모피의 변화에 관해 설명하는 데 시간이 필요했다.

모피가 어떻게 변했는지 간단하게 설명한 뒤 나는 다시 잠에 들었다.

밤이 늦었다. 자세한 이야기는 내일 해도 된다.

이튿날 아침.

잠동무들을 데리고서 식당으로 가니 이미 모두 모여 있었다.

버밀리에와 티미쇼알라도 와줬다.

유리나가 걱정스레 모피에게로 달려갔다.

“모피 짱, 괜찮아?”

“못모.”

모피는 평상시 그대로다. 코로 유리나의 배를 툭툭 밀었다.

비비도 걱정스레 모피를 쓰다듬었다.

“별로, 안 변했구나.”

“그러네. 환한 아침 햇살에 비춰 봤는데도 별로 변한 게 없네.”

루카도 진지하게 모피를 관찰하고 있다.

마수학자로서 피가 들끓었겠지.

크루스가 의기양양하게 말했다.

“모피 짱은, 마별된 거야!”

“마별……?”

루카가 의아해하며 고개를 갸웃거렸다.

마별이라는 단어를 루카가 모를 만도 하다. 크루스가 어제 만들어 낸 용어이니까.

무슨 영문인지 크루스가 가슴을 활짝 폈다.

“그래. 마별. 알 씨가 모피 짱한테 그걸 한 거야!”

“그거라니……?”

크루스가 설명해 줬는데도 여전히 잘 모르겠다.

대신 내가 설명했다.

"성신의 사도가 성별을 하듯, 마신의 사도한테도 마별이라는 게 있다고 크루스는 주장하고 있는 거야."

"과연……."

"크루스는 성수였던 모피가 마신의 사도의 권속이 됐다고 여기고 있는 것 같아."

"확실해요! 겉모습은 그리 달라진 게 없지만, 마력이 높아졌어요!"

크루스가 흥분했다.

루카는 아직 석연치 않다는 표정이다.

티미가 모피를 부드럽게 쓰다듬었다.

"그렇군. 확실히 마력의 질이 어제와 달라졌군."

"티미, 알겠어?"

"음. 성신, 마신. 두 신의 힘이 느껴진다."

"역시, 마별."

"마별이라는 단어는 모르겠지만 말이다. 뭐, 무슨 의미인지는 알 것도 같다만."

티미의 말을 듣고서 크루스가 콧김을 씩씩거렸다.

"성과 마가 합쳐져 최강이 됐다고!"

"크루스, 어제도 그 소리를 했었지."

"예. 최강의 소가 된 모피 짱!"

"못모!"

모피도 콧김을 씩씩거렸다. 기분 탓인지 평소보다 더 당당하게 구는 듯했다.

"랴!"

"못!"

시기쇼알라가 모피의 등에 올라탔다.

시기도 모피 위에서 당당하게 가슴을 폈다.

"귀엽다. 정말로 시기쇼알라는 귀엽다."

시기의 모습을 보고서 티미가 헤벌쭉해졌다.

"모피 짱. 굉장하네~."

"모?"

콜레트도 다가와 모피를 꼭 끌어안았다.

그러고 나서 모피의 등에 올랐다.

콜레트는 시기와 함께 모피의 등 위에서 까불어 댔다.

"어라, 모피 짱, 뿔 커졌어?"

"못모?"

"확실히, 아주 살짝 커진 것 같기도 하네요."

"못모~."

모피가 뿔을 과시하듯 당당히 서있다.

밀레트도 다가와 모피를 쓰다듬었다.

"모피 짱, 달라진 게 거의 없는 것 같은데……."

"언니! 똑바로 봐! 색깔도 조금 거뭇해졌어!"

"음영이 져서 그런 게 아닐까?"

"엥~, 그런가~? 모피 짱, 거메진 거 맞지?"

"못!"

콜레트는 모피가 거뭇해졌다고 주장하고 있다.

그러나 밀레트는 변하지 않았다고 여기는 듯하다.

"성수이자 마우! 대단해!"

"마우란 소 마수를 뜻하는 거야. 오해를 초래할 수 있으니 그렇게 부르지 마."

"예."

루카가 신이 난 크루스를 냉정하게 나무랐다.

비비가 모피를 부드럽게 쓰다듬었다.

"모피. 마법을 쓸 수 있게 된 것이냐?"

"못!"

모피가 자신이 있는 듯했다.

일단 확인해보기로 했다.

아침밥을 먹기 전에 모두 밖으로 나갔다.

"와후와후."

"캬후!"

"모~."

모피의 변화를 알아차렸는지 마랑들이 몰려들었다.

새끼 마랑들도 흥미진진해하며 모피의 냄새를 맡고 있다.

역시나 마랑들도 변화를 알아차린 것 같다.

"펨. 모피의 냄새가 달라졌나?"

[달라졌다. 알과 조금 비슷해졌다.]

"오, 오호~."

그 소리를 들으니 왠지 창피하다.

조금 걸어가니 확 트인 곳에 도착했다.

"모피, 마법을 뭐든 사용해 봐."

[알겠다.]

모피가 발로 땅을 단단히 디뎠다.

"무모모오오오."

"무리는 하지 마."

"모오오오오오."

——가가가가가……도도도도도도.

모피의 뿔에서 마력탄이 발사됐다.

연속으로 발사된 마력탄이 땅바닥에 닿자마자 폭발했다.

"오, 오오."

"굉장하구나."

"못모!"

모피가 자랑스러워했다.

지난번에 모피의 뿔에서 마력탄이 나오긴 했다.

그러나 그때 마력탄과 비교하여 위력과 연사능력 모두 월등히 향상됐다.

"최강의 소 모피!"

"모우모."

"성과 마가 합쳐진 모피!"

"못모!"

"나와 알 씨의 사랑의 결정! 모피!"

"모!"

크루스가 그렇게 말하고서 모피를 꼭 끌어안았다.

"엄마라고 불러도 돼~."

"모?"

비비가 모피와 크루스 사이에 끼어들었다.

"은근슬쩍 무슨 소리를 하는 것이더냐!"

"어? 알 씨는 아빠고, 크루스는 엄마 같은 거야."

"으으으~."

비비가 모피를 와락 끌어안았다.

"모피의 엄마는 실질적으로 이 몸이란 말이다!"

"엥~."

"모우모."

모피는 모두에게 인기가 많다.

모두가 귀여워해 주니 모피도 기뻐하는 듯했다.

다행이다.

모피의 성장을 다 함께 확인한 뒤 아침밥을 먹었다.

비비는 모피에게 찰싹 달라붙어 있다. 크루스에게 빼앗길지도 모른다는 위기감이 들었나 보다.

"모피, 이것도 먹겠느냐?"

"모!"

"그래, 그래. 많이 먹어라."

"못모!"

비비는 모피를 귀여워하면서 크루스를 힐끔힐끔 살폈다.

한편 크루스는 거의 신경 쓰지 않는 눈치였다.

"알 씨. 오늘 당장 사왕을 만나러 가야죠!"

"그래야지."

"근처에 있는 거죠?"

"근처라고 하기에는 제법 멀어."

"그런가요?"

사왕은 내가 예상한 것보다도 훨씬 가까이에 있었다.

그러나 나는 사왕이 마족령(領)의 깊숙한 곳이나 대륙 끝에 있을 거라고 예상했다.

그러니 어디까지나 예상에 비해 가깝다는 의미일 뿐이다.

"가깝다고는 해도 펨을 타고서 몇 시간은 걸리겠군."

"그런가요~."

티미쇼알라가 시기쇼알라를 쓰다듬으며 말했다.

"이 몸도 함께 해주고 싶긴 하다만, 오늘은 극지 궁전에 있는 편이 나을 것 같다."

"손님이라도 올 예정인가?"

"약속은 없지만…… 어쩌면 가까이 있는 고대룡 귀족이 올지도 모른다."

"시기도 궁전에 있는 편이 좋을까?"

"랴?"

시기가 어리둥절해하며 이쪽을 봤다.

티미가 고개를 천천히 가로저었다.

"다른 대공이 방문하기로 약속했다면야 시기쇼알라도 있어야만 하겠지만, 약속도 하지 않았으니 괜찮겠지."

"그런가."

"랴!"

"이 몸은, 시기쇼알라도 함께 가주면 기쁘긴 하겠다만……."

티미가 그렇게 말하고서 시기를 힐끗힐끗 봤다.

그 시선에 시기가 한 번 울었다.

"랴아."

"그러냐. 그럼 어쩔 수 없다."

"시기가 뭐라고 했지?"

"알라와 함께 있는 게 좋단다."

"그래?"

시기가 귀여워서 머리를 잔뜩 쓰다듬어 줬다.

"루카랑 유리나는 어쩔래?"

"으~음. 역시 이틀을 연이어 쉬는 건 좀."

"저도 왕도에 가야 할 일이 있어요."

"루카랑 유리나는 참 힘들겠네~."

크루스가 마치 남 일처럼 말한다.

많이 바쁠 텐데 고맙게도, 루카와 유리나는 시기의 천조에 참석하기 위해서 업무를 쉬기까지 한 것이다.

단순히 고대룡의 궁전을 보고 싶다는 마음도 있었을 것 같지만. 특히 루카는.

모피를 쓰다듬고 있던 비비가 물었다.

"유리나는 모르겠지만, 루카의 직책인 모험가 길드 왕도관구장은 명예직이자 한직이라고 들었다만."

"그렇긴 한데……. 각종 의례나 섭외된 일들이 있어."

"힘들겠구나."

"진짜 그래. 난 학자로서만 활동하고 싶은데 말이야."

루카가 한숨을 하아 내쉬었다.

루카는 우수해서 점점 바빠지고 있는 듯하다.

"루카와 유리나 모두 갈 수가 없다고 하니……, 알과 크루스와 이 몸이 사왕한테 가야되겠구만."

비비도 동행해 줄 모양이다.

고마운 일이다.

비비가 불안해하며 말했다.

"루카와 유리나를 빼고도 사왕을 이길 수 있을까?"

"이길 수 있지 않을까?"

"이길 수 있을 거예요."

루카와 유리나가 즉답했다.

크루스는 잠시 생각한 뒤에…….

"이길 수 있을 것 같아!"

그렇게 힘차게 말했다.

"알은 어떻게 생각하느냐?"

"사왕이라고 해야 하나, 사신의 사도가 얼마나 강한지는 모르겠지만, 아마 괜찮지 않을까?"

"흠."

"애당초 쓰러뜨리는 게 목적이 아니니까. 대화를 나누고 부탁하는 게 목적이니까."

"흐으음. 그럼 다행이겠다만."

비비는 불안해하며 모피를 쓰다듬었다.

아침밥을 먹은 뒤 루카, 유리나, 티미, 버밀리에는 각자 일터로 향했다.

그리고 우리도 출발 준비를 했다.

"돈을 갖고 가야겠죠."

"그렇지. 사신의 사도가 돈에 쪼들리고 있을지도 모르니까."

"귀한 물건도 갖고 갈까요?"

"음. 흥정할 때 요긴할지도 모르겠군."

창고에 가서 선물이 될 만한 것을 엄선했다.

나는 귀중한 마수 드랍물 등을 골랐다.

크루스도 나름대로 엄선하고 있는 듯했다.

"알 씨! 이런 건 어떨까요?"

"으음, 그게 뭐지?"

"멋있는 돌입니다."

"……그래?"

크루스가 자신만만하게 그 돌의 내력을 말했다.

동쪽 대륙 최고봉의 정상 부근에 떨어져 있던, 멋지게 생긴 돌이라고 한다.

일단 확인해봤는데 마법적으로도, 성분적으로도 특이 사항은 없었다.

"역시 이게 더 나으려나……. 알 씨, 어떻게 생각해요?"

"그건?"

"멋있는 막대기요."

"……오호~."

신대에 만들어진 지하미궁, 그 최심부에 떨어져 있던 멋지게 생긴 막대기라고 한다.

이쪽도 딱히 진귀한 물건이 아니었다.

동쪽 대륙 최고봉도, 신대 지하미궁도 우리와 함께 공략했던 장소다.

대체 언제 주웠던 거야. 눈치채지 못했다.

“금전적으로 가치가 있거나, 귀한 소재 같은 게 더 나을 것 같은데.”

“그럴까요~?”

크루스는 그렇게 말하면서 진귀한 공예품 등을 마법 가방에 차곡차곡 넣었다.

그 광경을 물끄러미 보고 있던 비비가 말했다.

“크루스. 대체 언제 그런 잡동사니들을 무르그 마을에 들인 것이더냐?”

“잡동사니가 아냐! 귀중한 아이템이야.”

“그러냐? 그래서 그 귀중한 아이템을 언제 이쪽으로 가져온 것이냐?”

“그게 말이야. 매일 조금씩 가져왔어. 왕도 집에 놔둬도 되겠지만, 역시나 마음에 든 물건은 맨날 보고 싶으니까.”

크루스가 우쭐해했다. 창고뿐만 아니라 경비병 처소 내 본인의 방에도 모아놨다고 한다.

다음에 크루스의 방을 한번 보여 달라고 해야겠다.

열심히 엄선하고 있는 크루스에게는 미안한 말이지만, 그 물건들은 도움이 될 것 같지 않다.

나는 더욱 세심히 엄선해 나갔다.

아침밥을 먹은 뒤 두 시간쯤 지나서야 우리는 출발할 수 있었다.

나는 펨을 타고, 비비는 모피를 타고, 크루스는 본인 다리로 달리기로 했다.

평소대로다. 참고로 시기쇼알라는 내 품속에 있다.

한 시간쯤 달리다가 쉬기로 했다.

자주 쉬는 게 중요하다. 특히 첫 번째 휴식은 중요하다.

크루스의 신발과 모피의 발굽, 펨의 육구 상태를 확인한다.

"모피랑 펨 모두 평소보다 빠르군."

"못모!"

"와후우."

마수들의 상태는 좋은 것 같다. 다행이다.

"알 씨. 앞으로 얼마나 걸릴까요?"

"어디 보자."

나는 마법 가방에서 지도를 꺼냈다.

고대룡 대공의 비보인 귀중한 마도구다. 조심해서 다뤄야 한다.

"역시 크네요."

"그러게 말이다. 간이판이긴 하지만 고대룡의 비보이니까."

세로는 성인 남성만 하고, 가로는 그 두 배다. 펼치는 것만으로도 고생이다.

그래서 야외에서 보기에는 너무 크다.

지도를 들여다보면서 비비가 말했다.

"이거 접을 수는 없나? 잘 접어서 여기 이 부분만 바깥으로 향하게끔……."

"그게 말이야, 접히질 않아."

"그거 불편하구먼."

비비가 아쉬워했다.

지도는 천 같기도 하고, 종이 같기도 한 신기한 소재로 만들어져 있다.

특수한 마법적 구조로 되어 있어서인지 접을 수가 없다.

둘둘 말려고 하면 일순간에 원통 형태로 말린다.

원통 형태에서 지도를 펼칠 때도 일순간이다. 중간 형태를 유지할 수가 없다.

수납하기에는 편리하지만, 보면서 이동하기에는 불편하다.

"애당초 인간이 이동하면서 사용할 목적으로 만들어진 물건이 아니겠지."

"그럴지도 모르겠네요~. 커다란 고대룡한테 이 간이판 지도는 손바닥 크기인걸요."

"고대룡들한테는 이 지도만으로도 편리하겠구나."

진지한 표정으로 지도를 보고 있던 크루스가 말한다.

"전 세계지도를 보는 법을 잘 모르는데요."

"세계지도는 접할 기회가 거의 없으니까."

"여기가 무르그 마을이죠? 그렇다면 왕도는 이 부근인가요?"

고대룡의 지도에는 도시나 마을이 그려져 있지 않다. 알아보기가 어렵다.

인간의 도시가 세워지기 훨씬 옛날에 제작된 지도라서 그렇겠지.

"어디 보자. 여기가 왕도로군. 그리고 이 부근에 영주 관저가 있고, 서쪽 산맥은 이 근방."

"흠흠."

"린드발 숲은 어디인가?"

"쭉 벗어나서, 이쪽이군."

"제법 멀구나. 그렇다면 마왕성은 이 부근인가?"

"맞아, 맞아."

세계지도를 보는 법을 티미와 루카에게 확실히 배워두길 잘 했다.

덕분에 우쭐한 마음으로 설명할 수 있었다.

크루스와 비비가 존경 어린 눈으로 나를 쳐다보는 듯했다.

"그렇구나~, 그렇다면…… 제 영지 내에 사왕이 있는 거 아닌가요?"

"그런가?"

"예. 잠깐만요."

크루스가 자신의 마법 가방에서 지도를 꺼냈다.

인간이 제작한 이 지역 지도다.

"사왕은 바로 이 부근에 있는 거죠!"

"그렇군……."

고대룡의 지도와 인간의 지도는 축척이 다르다. 애당초 도법 자체가 다르다.

그러므로 양쪽 지도를 견주어 보면서 대응하는 곳을 찾아내기는 꽤 어렵다.

그럼에도 크루스는 금세 찾아냈다.

"크루스, 용케도 알아냈군."

"에헤헤. 영지 지도는 머릿속에 확실히 담아 뒀거든요!"

크루스가 의기양양해했다.

그러고 보니 대관보좌를 경질한 뒤 크루스는 공부를 하려고 지도를 읽었다.

그 효과가 나타났는지도 모르겠다.

"역시 크루스군."

"크루스도 제법이구나."

[의외다.]

"못모!"

"랏랴!"

"에헤헤."

모두가 칭찬하자 크루스는 몹시 기뻐하는 듯했다.

"크루스. 근데 이 부근에는 뭐가 있지?"

"아무것도 없어요. 마을도 없고, 길도 없고……. 일단 영지 내인 건 확실하네요."

"아무것도 없다니 차라리 잘됐군."

"예!"

크루스가 힘차게 대답했다.

전투라도 벌어졌을 때 근처에 마을이 있다면 큰일이다. 그리고 길이 있다면 언제 사람이 오갈지 알 수가 없다.

그런 점에서 마을도, 길도 없으니 거리낌 없이 싸울 수 있다.

"못모!!"

바로 그때 모피가 내 옷소매를 물고서 잡아당겼다.

틀림없이 슬슬 또 달릴 때가 되지 않았느냐고 보채는 거겠지.

"모피와 펨, 크루스도 충분히 쉬었나?"

"못모!"

[괜찮다.]

"언제든지 달릴 수 있어요~."

우리는 휴식을 마치고서 다시 달려나갔다.

"랏랴~."

시기는 늘 그렇듯 기분이 좋다. 빠르게 이동하는 것을 좋아하는가 보다.

중간에 두 번쯤 휴식하고서 사왕의 소재지 근처에 이르렀다.

"뭔가 건물이 있구나."

"수상하네요."

"일단 지도 마도구로 확인해 보자."

지도 마도구를 보니 짙은 회색 빛이 하나 빛나고 있었다.

제아무리 일반 지도보다 크다고 해도 세계지도다. 서로 접근하면 세세하게 구별할 수가 없다.

마왕은 적색, 성왕은 청색, 사왕은 흑색이다. 전부 뒤섞여서 회색이 됐겠지.

“저 건물 안에 있다고 봐도 되겠군.”

“알 씨. 어떻게 할까요? 선제공격으로 건물을 파괴할까요?”

크루스의 발상은 과격하다.

아니, 마인왕과 싸울 때 초장부터 성을 파괴해 버린 나에게서 영향을 받았는지도 모르겠다.

“아니, 우린 대화를 하러 왔고, 또 부탁하는 입장이니까.”

“그렇군요. 그럼 정면으로 가도록 할까요.”

“그래야겠군.”

정면에서 우호적으로 인사하기로 했다.

당당하게 방문하기로 방침을 정했지만, 치밀하게 관찰한 뒤에라도 늦지 않다.

나는 사신의 사도가 있는 것으로 추정되는 건물을 자세히 관찰했다.

그럴듯한 석조 건물이다. 입구는 두 사람이 나란히 서 있을 수 있을 만큼 넓다.

“……크군.”

“그러네요. 제 영지에 이런 건물이 있는 줄은 몰랐습니다.”

“영토 외곽이니 모르는 것도 당연해.”

크루스가 고개를 갸웃거렸다.

“아뇨. 아무리 그래도 이렇게 큰 구조물이 있다면 눈치를 채야

정상이에요."

"건축할 때도 시간이 꽤 걸렸겠구나. 자재를 운반하는 것도 어려웠을 텐데."

"그건 그렇지만."

"영지에 관해서 나름 공부했다고 생각했는데……."

크루스가 반성했다.

나는 크루스의 머리를 쓰다듬어 줬다.

"뭐, 사왕의 건물이니 마법으로 지었을지도 모르지."

"그렇구나. 만약에 그렇다면 순식간에 지었을지도 모르겠다. 알아차리지 못할 만도 하구나."

"게다가 영지 외곽이니까. 영지 밖에서 자재를 들여왔을지도 몰라."

여러모로 관찰한 뒤에 나는 크루스와 비비에게 말했다.

"일단 가볼까."

"그러죠!"

우선은 전투는 하지 않기로 방침을 정했기에 펨은 작은 모습으로 돌아갔다.

그러고 나서 우리가 정면에서 접근하자 문지기들이 경계했다.

"멈춰라!"

나는 발걸음을 멈추고서 웃었다.

"여기 계시는 분께 용무가 있어서 왔습니다."

"용무라고?"

"신의 사도가 계시지요?"
"어떻게 그 사실을!!"
문지기가 당황했다.
시치미를 뚝 뗄 줄 알았기에 김이 샌다.
사신의 사도가 이곳에 있는 게 틀림없는 듯하다.
"신에 가까운 고귀한 분께서 알려주셨습니다."
과장하긴 했지만, 티미쇼알라를 가리키는 것이다.
거짓말은 아니다. 티미는 실제로 신에 가까운 고귀한 존재다.
"……혹시, ……귀의하러 온 건가?"
"……으음?"
뭐라고 대답해야 좋을지 모르겠다.
크루스가 작은 목소리로 물었다.
"귀의라는 게 뭔가요?"
"으음, 큰 힘에 의지한다는 느낌?"
귀의란 의지한다는 의미다. 그리고 신앙심을 바친다는 의미이기도 하다.
아마도 문지기는 후자의 의미로 말했겠지.
"맞아요! 귀의하러 왔습니다!"
크루스가 힘차게 말해 버렸다.
어떤 의미에서 힘에 의지하러 온 게 맞긴 하다.
우리는 사신의 사도에게 무릎에 걸린 저주를 풀어 달라고 부탁하려고 왔다.

그것은 사신의 사도만이 할 수 있는 일이다. 의지할 수밖에 없다.

"그렇군."

"잠시만 기다려라."

문지기가 만족스레 고개를 끄덕였다.

그리고 둘이서 무언가 논의하고서 한 사람이 건물 안으로 들어갔다.

비비가 귓가에 넌지시 속삭였다.

"사신의 사도가 혹시 종교를 만든 것인가?"

"왠지 그런 분위기가 풍기네."

"알 씨도 만들래요?"

"아니, 안 만들 거야."

"그래요~? 아쉽네요."

아쉬울 거 하나 없다.

종교단체는 골치만 아플 뿐이다.

잠시 뒤 문지기가 돌아왔다.

"허가를 내리셨다. 안으로 들어와라."

"고맙습니다."

우리는 인사를 하고서 건물 안으로 향했다.

다 함께 입구에 다가가니…….

"자, 잠깐만!"

"왜 그럽니까?"

문지기가 당황하며 제지했다.

"소랑 개도 들일 생각이냐?"

"모?"

"와후?"

당연하다는 듯이 따라 들어가려고 한 모피와 펨을 두고 볼 수가 없었겠지.

사신의 사도가 세운 교단의 일원 주제에 쓸데없이 상식적인 문지기다.

"저들 역시 귀의하러 왔습니다."

내가 말하자 문지기가 모피를 물끄러미 쳐다봤다.

"소가?"

"예."

"못모!"

모피가 당당하게 대답했다.

문지기가 펨도 쳐다봤다.

"설마 개도?"

"물론입니다."

"와후우."

문지기가 난처해했다.

그리고 둘이서 논의하기 시작했다.

"아무리 그래도 소는……."

"하지만 위대하신 주상(主上)께 동물이 귀의하더라도 전혀 이상할 게 없잖나?"

"그야 그럴지도 모르지만……, 개도 있어."

"그것이야말로 주상께서 위대하시다는 증거이지 않을까 싶습니다만……."

잠시 논의를 한 뒤에 결론이 나온 듯하다.

"들어가도 좋다."

"못모!"

"와후."

모피와 펨도 함께 안으로 들어갈 수 있었다.

안으로 들어가면서 벽과 문을 슬며시 만져봤다.

"마력은 느껴지지 않는군. 사신의 사도의 건물이라서 마신의 힘을 쓰지 않는 건가……."

"그래도 마력은 아니지만 신기한 힘은 느껴지네요."

"오호?"

크루스가 그렇게 말했으니 무언가 있겠지.

어쩌면 사신의 힘이 사용됐는지도 모른다.

우리는 건물 안으로 천천히 들어갔다.

건물 안은 어둑어둑했다. 현관홀은 나름 넓지만 장식은 거의 되어 있지 않았다.

세 남성이 현관홀에 서있었다. 간부로 추정되는 가운데 남성이 입을 열었다.

"귀의하러 왔다고?"

“예. 사도님께 부탁드리고 싶은 의식이 있사온지라…….”

“사도님을 뵙게 해주세요!”

크루스가 몸을 앞으로 기울이며 말했다.

그녀를 무시하고서 간부가 모피와 펨을 봤다.

“과연. 그 짐승들은 공물이렸다? 좋은 마음가짐이다.”

“와후!”

“뭇!”

펨과 모피가 화들짝 놀랐다.

나는 펨과 모피를 감싸듯 재빨리 앞으로 나섰다.

“아뇨. 저들 역시 귀의하러…….”

“흠? 공물이 아닌 건가?”

“예.”

나는 바로 가방에서 금화가 든 자루를 꺼냈다.

“보시할 물품은 따로 준비했으니…….”

“오호.”

금화 자루를 받고서 간부가 고개를 크게 끄덕였다.

“갸륵한지고. 주상께서도 기뻐하실 게야.”

“그럼 뵙게 해주시는 겁니까?”

그러나 간부가 고개를 천천히 가로저었다.

“주상을 간단히 뵐 수 있을 거라는 생각은 접는 게 좋다.”

“엥~. 이럴 수가.”

간부는 크루스의 항의도 아랑곳하지 않았다.

"그토록 간절히 면회를 바란다면 시련을 받아야 한다."
"시련…… 말입니까?"
왠지 일이 성가시게 됐다.
교단 간부가 우리를 보면서 말했다.
"그대들은 모험가이지?"
"예, 뭐."
"역시 그런가? 게다가 실력이 꽤나 있고?"
"예, 뭐."
간부가 고개를 여러 번 끄덕였다.
"고액의 금화를 보시했으니 알만도 하지. 수완 있는 모험가가 아닌 한 지불할 수 없는 금액이야."
"역시."
"통찰력이 남다르십니다."
간부 옆에 있는 부하들이 칭송했다. 그러나 딱히 예리하지는 않은 것 같다.
부업으로 벌었을 가능성도 있다. 부자가 취미로 모험가로 활동하고 있을 가능성도 있다.
그냥 우연히 얻어걸렸을 뿐.
그러나 이 대목에서는 체면을 세워 주는 편이 낫겠지.
"역시 대단하군요! 저희들이 수완가라는 걸 용케도 간파하셨습니다."
"과찬이군, 초보적인 추측이야."

간부가 젠체하는 얼굴을 보니 부아가 치밀지만 어쩔 수 없다.

나는 웃으며 간부에게 물었다.

"수완가인 저희들한테 무언가 부탁하고 싶으신 게 있는지요?"

"그건 아냐. 어디까지나 시련이다."

요컨대 의뢰료는 지불하지 않겠다는 뜻이겠지.

그것도 뭐, 어쩔 수 없다. 우리는 부탁하러 온 입장이다.

"잘 알겠습니다. 그래서 시련이 대체 뭡니까?"

"음. 이 건물 뒤에 커다란 산이 있다. 그곳에 드래곤 좀비가 살고 있다. 그걸 토벌하고 오는 거다."

"그렇군요?"

난도가 너무 높은 것 같다.

물론 나와 크루스라면 낙승이겠지. 그러나 실력 있는 일반 모험가에게는 어렵다.

내 목소리에 조금 놀랐는지 간부가 흠칫 떨었다.

"불가능한가?"

"아뇨, 뭐. 불가능하지는 않지만."

"그, 그런가? 그럼 부탁한다."

"알겠습니다."

내가 말하자 간부가 가슴을 쓸어내리며 안도한 표정을 지었다.

드래곤 좀비를 퇴치하지 못해서 곤경에 처했는지도 모르겠다.

나는 간부에게 한 마디 해주고 싶었다.

"보통 드래곤 좀비를 퇴치할 수 있는 모험가는 없는데요?"

"그럴……지도 모르지."

"저희들이 포기했다면 시련은 어떻게 됐을까요?"

"주상께서는 극복할 수 없는 시련을 내리지 않는다. 그뿐이다."

"그렇군요."

그 경우에는 다른 시련을 제시했을지도 모르겠다.

그러나 부하들이 존경 어린 눈으로 간부를 보고 있었다.

"역시 대단하십니다. 시련을 받길 원하는 자의 역량을 정확히 파악하실 줄이야!"

"아무나 할 수 없는 일입니다."

"내 힘이 아니다. 이 모든 것은 오로지 주상 덕분이다."

"옙!"

우리는 그런 대화들을 무시하고서 건물 밖으로 나갔다.

건물 밖에서 문지기가 불안해하며 이쪽을 보고 있었다.

"뭔가 싫은 소리라도 듣고 왔나?"

"뒤편에 있는 좀비 드래곤을 쓰러뜨리고 오라고 하셨습니다."

"뭐라……."

두 문지기가 서로의 얼굴을 쳐다봤다.

"너희들을 위해 충고하마. 당장에라도 다른 시련으로 바꿔 달라고 해."

"보통은 어떤 시련을 내립니까?"

"모험가라면 고블린 퇴치 정도? 농민이라면 밭을 경작하라든지, 상인이라면 물건을 팔고 오라든지."

"그렇군요."

문지기가 걱정하는 얼굴로 말을 이었다.

"어지간히도 사제님을 화나게 했나 보군. 너희들 무슨 짓을 한 거야."

"딱히 아무 짓도……."

아무래도 아까 본 간부는 사제인 듯하다. 그러나 사제의 지위는 교단마다 제각각이다.

사제의 지위가 아주 높은 경우도 있고, 그리 높지 않은 경우도 있다.

사신 교단의 사제가 어느 위치인지는 아직 모르겠다.

"그럴 리 없다. 사제님께서는 온후하신 분이시다. 어지간히 방자하게 굴지 않는 한……."

문지기들이 모피와 펨을 봤다.

"모?"

"와후."

"아, 혹시 개와 소를 데리고서 건물 안으로 들어간 것이 역린을 건드렸던 건가."

"그렇다면 우리도 함께 사과해 줄 테니……."

"그래. 우리가 소와 개의 입장을 허가한 바람에 이렇게 됐으니."

문지기들은 꽤 좋은 녀석인 듯하다.

만약에 교단과 전투가 벌어지더라도 못 본 척 해주자.

"감사합니다. 하지만 걱정은 필요 없습니다."

"무리하지 마."

"아뇨, 아뇨, 우리들은 드래곤 좀비를 토벌하는 게 특기인지라."

"무슨 뚱딴지 같은 소리를……. 드래곤 좀비는 인간이 감당할 수가 없어."

우리를 걱정하며 만류하려는 문지기를 설득하는 데 시간이 조금 걸렸다.

문지기들은 우리가 완전히 떠날 때까지 계속 걱정하는 눈치였다.

"절대로 무리하지 마."

"예. 감사합니다."

우리는 사신 교단 건물의 뒤쪽으로 돌아갔다. 그곳에 등산로 입구가 있었다.

"이 등산로를 걸어가면 될 것 같군."

"잘 정비되어 있지는 않네요."

"드래곤 좀비가 출몰해서 정비할 수 없었는지도."

"가능성은 있네요!"

크루스가 힘차게 달려나갔다.

나는 펨을 타고, 비비는 모피를 타고서 뒤를 쫓았다.

줄곧 얌전히 있었던 시기쇼알라가 품 밖으로 고개를 내밀었다.

"랴!"

"얌전히 있었구나, 장해."

"랴아."

시기는 똑똑해서 소란을 떨면 안 되는 때를 구분할 줄 안다.

"드래곤 좀비라고 했는데 그레이트일까요?"
"레서일지도 모르고, 지룡 종류일지도 모르겠군."
"흐음~. 알 씨는 어느 쪽을 더 선호합니까?"
"드래곤 좀비에 호불호는 없어. 죄다 싫어. 쓰러뜨리기 쉬운 레서가 그나마 나으려나."
레서 드래곤은 다른 드래곤에 비해 작고 내구력이 낮다.
마법 장벽도 약하다.
"전 지룡이요. 날아다니면 성가시니까요."
"그렇군."
그런 대화를 나누다 보니 썩은 내가 부근에 감돌았다.
아마도 드래곤 좀비에서 나는 악취겠지.
우리는 냄새의 근원을 향해 서둘렀다.
앞으로 나아갈수록 냄새가 점점 강해졌다.
부패가 상당히 진행된 좀비인 듯하다.
"와후우."
"모오우."
펨과 모피가 못 견디겠는지 비명을 작게 질렀다.
늑대와 소는 후각이 예리하다. 그래서 우리 인간보다 악취에 약하겠지.
"괜찮아?"
[참아 보겠다.]
"모우."

모피와 펨 모두 참아보려는 듯하다.
고맙다. 그러나 무리는 시키고 싶지 않다.
"모피. 이렇게 해주마."
"못모."
비비가 손수건으로 모피의 코를 덮었다.
큰 효과가 있을 것 같지는 않지만, 모피가 기뻐하며 울었다.
"펨도 일단은."
"와후."
효과는 거의 없을 것 같지만 일단 천으로 코를 덮어줬다.
펨은 꼬리를 붕붕 휘저었다. 효과가 있는지도 모르겠다.
"랴."
품속에서 시기쇼알라도 울었다.
시기의 후각은 어떨까? 사람보다 더 민감하다면 가여울 것 같다.
나는 시기를 옷 위로 쓰다듬으며 물었다.
"시기, 무리할 거 없어."
"랴아."
"여기서 기다릴래?"
"랴!"
시기가 날카롭게 울었다. 틀림없이 거부한 거겠지.
나는 펨과 모피에게도 말했다.
"펨과 모피도 여기서 기다려도 돼."
"그래요~. 나랑 알 씨가 가서 후다닥 퇴치하고 올 테니까."

[배려는 됐다.]

"모!"

단호한 대답이다.

역시 마천랑과 성마우(聖魔牛)답다.

지독한 냄새 속을 한동안 나아가니 커다란 드래곤이 눈에 들어왔다.

도비보다 확연히 더 크다.

살이 썩어서 군데군데 뼈가 드러나 있다.

"아하하…… 그레이트보다 크네요."

"하이 그레이트일지도."

"하이 그레이트 좀비라고요~."

주눅 든 기색 없이 크루스가 수제 투석기를 준비했다.

원심력으로 돌을 날려 보내는 끈 형태 도구다.

하이 그레이트 드래곤은 그레이트 드래곤보다 더 늙고, 더 성장한 드래곤이다.

인간을 비롯한 수많은 동물들은 늙으면 힘이 떨어진다.

그러나 드래곤에게는 수명이 없다. 그래서 늙더라도 힘이 떨어지지 않는다.

오로지 성장하며 강해진다.

"저 하이 그레이트 드래곤, 사왕이 좀비로 만든 건가?"

"그렇게 생각하는 게 자연스러울 것 같긴 한데."

강력한 마인왕조차 그레이트 드래곤까지만 좀비화에 성공했다.

하이 그레이트 드래곤을 좀비로 만들 만한 술자는 사왕 말고는 떠올리기가 어렵다.

그러나 마인왕이 고대룡인 시기의 어머니를 거의 좀비로 만든 것도 사실이다.

당연히 고대룡은 하이 그레이트 드래곤보다 훨씬 강하다.

주도면밀하게 준비하여 절차를 밟는다면 사왕이 아니더라도 가능은 하겠지.

그러니 사왕이 저 드래곤을 좀비로 만들었다고 단언할 수는 없다.

“사왕이 저 녀석을 좀비로 만들었다면 어째서 토벌을 시련으로 부여한 것이더냐?”

“몰라. 어쩌면 사왕이 아닌 다른 녀석이 좀비를 만들었을지도.”

“여긴 사왕의 저택의 뒤편이잖느냐. 그런 행위를 허락할 리가 없다.”

비비는 납득할 수가 없는지 생각에 잠겼다.

한편 크루스는 투석기에 돌을 장착하고서 전투가 시작되길 이제나저제나 기다리고 있다.

하이 그레이트 드래곤이 나는 것을 상정하고 있겠지.

“일단, 쓰러뜨리고 나서 생각하자.”

“그래야지.”

“알 씨는, 보고 있어요. 마법을 쓰면 무릎이 아프잖아요?”

“고마운 말이긴 하지만……, 위험하겠다 싶으면 지체하지 않고 마법을 쓸 거야.”

"안심하고 지켜봐주세요!"

크루스가 그렇게 말하자마자 투석기를 휙휙 돌렸다.

원심력을 이용하여 고속으로 돌을 날리자, 그 속도는 눈으로 포착하기 어려울 정도였다.

——캉.

"……아."

크루스가 날린 돌이 마법 장벽에 맞고서 튕겨 나갔다.

드래곤들은 마법 장벽을 갖고 있고, 하이 그레이트쯤 되면 그 장벽은 강력하다.

하이 그레이트 드래곤이 느릿느릿 움직이기 시작했다.

"성검을 쓸 수밖에 없나~."

크루스는 내키지 않는다는 표정으로 검에 손을 댔다.

검을 뽑자마자 일순간에 하이 그레이트 드래곤과의 거리를 좁히고서 그 목을…….

——캉.

"으으."

하이 그레이트 드래곤이 이빨로 성검을 막아 냈다.

이가 몇 개 부서지긴 했지만, 크루스의 성검 역시 목에는 닿지 못했다.

"GRAAAAAAAAAAAAAAAA!!!!"

하이 그레이트 드래곤이 허공에 뜬 크루스를 향해 포효와 함께 화염 브레스를 내뿜었다.

일대를 불바다로 만들어 버릴 정도의 화염이다. 그러나 크루스는 그 화염조차 성검으로 베어 냈다.

화염이 순식간에 사그라졌다.

저것이 바로 성신과 성검의 힘이다.

"야! 거기 서!"

크루스를 이길 수 없는 상대로 인식했는지 하이 그레이트 드래곤이 하늘로 도주했다.

이렇게 되면 크루스에게는 투석기 말고는 다른 공격 수단이 없다.

"내가 나설 차례인가……."

"못모오오오오오오오오오오오오오오."

내가 마법을 쏘려고 했을 때 모피가 울부짖었다.

그와 동시에 마력탄을 연속으로 날렸다.

첫 번째 공격에 장벽이 깨졌고, 후속 공격들이 드래곤의 몸을 부쉈다.

땅바닥으로 추락한 하이 그레이트 드래곤이 꿈틀거렸다.

그러나 이제 전투 능력은 없다. 좀비라서 죽지 못했을 뿐이다.

"비비. 화염 마법으로 태워야 할 것 같은데?"

"…………."

내가 뒤를 돌아보니 비비가 모피의 등에 올라탄 채로 굳어 있었다.

완전히 넋을 놓은 상태……. 아니, 아마도 기절했겠지.

"""[앗.]"""

나와 크루스와 펨은 모피의 등이 부자연스럽게 젖어 있음을 깨달았다.

현재 비비는 화염 마법을 쓰기 어려운 상황이다.

"으음, 크루스. 성검으로 끝장을 내야할 것 같다……."

"마, 맡겨 주세요!"

크루스가 성검으로 하이 그레이트 드래곤 좀비의 숨통을 끊어줬다.

이로써 하이 그레이트 드래곤의 영혼은 편안히 소천했겠지.

크루스가 성검으로 끝장을 내주고 있는 동안에 나는 비상사태 세트를 준비했다.

이럴 줄 알고 마법 가방에 넣어 뒀었다.

비상사태 세트. 즉 비비의 속옷 말이다.

"알 씨, 하이 그레이트 드래곤의 영혼은 무사히 하늘로 돌아갔을 겁니다."

"고맙다. 크루스, 이걸 부탁한다."

"이거라니…… 앗, 예."

비비의 속옷을 건네자 크루스가 무슨 뜻인지 짐작해줬다.

"모피. 잠깐 저쪽으로 가자~."

"못!"

비비를 태운 채로 모피를 으슥한 곳으로 데리고 갔다.

이런 건 여성에게 맡기는 편이 낫다.

"후우."

[있는 힘껏 포효했으니 어쩔 수 없다.]

"그렇지."

하이 그레이트 드래곤은 브레스와 함께 포효했다.

화염 브레스는 크루스가 베어 갈랐지만, 포효까지는 그러지 못했다.

비비가 정통으로 맞고 말았나 보다.

"모피를 타고 있어서 천만다행이야. 모피라면 비비가 기절했더라도 안전한 곳으로 데려다줄 수 있으니."

[그 대신에 모피의 등이 호된 꼴을 당했다.]

이따가 모피의 등을 씻어 줘야겠다.

"펨, 지켜보고 있어줘."

[맡겨둬라.]

펨에게 감시를 부탁하고서 나는 전리품을 회수했다.

전리품 회수는 모험가의 본능이라서 어쩔 수 없다.

"으~음. 역시 부패가 심해서 소득이 적군."

[비늘도 썩어 버렸나?]

"죽자마자, 살이 썩기 전에 몸에서 떼어냈더라면 썩지는 않았을 텐데."

[신기하군.]

"신기하지. 살이 부패되면 비늘까지 썩는다고 해야 하나, 물러져서 흐물흐물해지니 말이야."

[마법적인 현상인가?]
“저주와 관련이 있을지도 몰라.”
그런 대화를 나누면서 회수를 해나갔다.
값어치가 나가는 것은 송곳니와 뼈 정도다.
회수를 마쳤을 즈음 크루스와 비비, 모피가 돌아왔다.
모피가 기뻐하며 내 배에 코를 비벼댔다.
“못모!”
“오오, 모피. 큰 공을 세웠어.”
“모피는 굉장하구나!”
비비도 그렇게 말하면서 모피의 머리를 쓰다듬었다.
옷은 이미 갈아입은 듯하다.
모피의 등도 말끔한 상태였다. 크루스가 여러모로 뒤치다꺼리를 해줬겠지.
“전리품은 다 회수했는데…….”
“맡겨둬라. 시체를 태우면 되겠느냐?”
“그래, 그래.”
비비는 애초에 실례한 적이 없었다는 듯이 명랑하게 행동했다.
그렇다면 굳이 언급하지 않는 편이 낫겠지. 잊어 줘야만 한다.
비비가 소각을 위해서 마법진을 준비하기 시작했다.
“영혼은 하늘로 돌아갔지만, 부패한 육체를 저대로 놔두면 동식물한테 악영향을 끼치겠지.”
[먹으면 배탈 난다.]

"엄청 아파요~."

크루스와 마랑들은 좀비가 되어 가는 고기를 먹었다가 탈이 난 적이 있었다.

이 부근에 사는 마수나 동물들이 크루스처럼 배탈이라도 난다면 불쌍할 것 같다.

"다 됐다!"

"역시 비비. 빠르군."

"맡겨둬라."

비비가 마법진을 기동하자 드래곤 좀비의 시체가 화염에 휩싸였다.

화력이 꽤 높다. 순식간에 재가 됐다.

"비비. 고맙다."

"이 정도쯤이야. 그대로 놔두면 드래곤도 가엾으니까."

재가 된 하이 그레이트 드래곤의 시체를 땅바닥에 묻고서 우리는 출발했다.

사신의 사도가 있는 곳으로 돌아가는 것이다.

크루스가 경쾌한 발걸음으로 걸어갔다. 즐거워하는 듯하다.

"드디어, 사왕과 만날 수 있겠네요~."

"만날 수 있으면 좋겠군."

"엥~. 만나 줄 걸요. 그래서 시련을 치른 거니까요."

크루스가 이쪽을 홱 돌아봤다. 발걸음은 멈추지 않았다.

뒤로 걸으면서 웃으며 물었다.

"알 씨! 사왕은 어떤 아이일 것 같아요?"

"어떤 아이라니. 아저씨일지도 모르는데."

"엥~. 여자애였으면 좋겠다~."

"마족일지도 모르니라."

"인족인 알 씨가 마왕이니 마족 사왕도 가능할지도 모르겠네!"

"마인은 싫은데."

"맞아요!"

마인과 마족은 전혀 다르다. 마족은 인간의 한 종족에 불과하다.

그러나 마인은 인간이 마수처럼 변한 존재라고 할 수 있다.

인족과 마족은 하얀 늑대와 검은 늑대 정도밖에 차이가 나지 않는다.

그러나 인간과 마인은 늑대와 마랑 정도나 차이가 난다.

"인족이라면 남녀노소 누구든 상관없을 텐데."

"그렇죠~."

크루스가 힘차게 걸어나갔다. 이따금씩 나뭇가지를 주워서 휘두르기도 했다.

휘둘러 봐서 마음에 들면 분명 가방 속에 넣겠지.

그렇게 잡동사니가 늘어나는 것이다.

그런 생각을 하고 있으니 모피를 타고 있던 비비가 작은 목소리로 말을 걸었다.

"……알."

"왜 그래?"

"그, 드래곤 좀비를 쓰러뜨린 뒤에 벌어졌던 일 말이다만……."

비비는 모피의 등에 실례했다는 사실을 내가 알아차렸는지 궁금한가 보다.

그래서 나는 짐짓 모른 척했다.

"뭐 마음에 걸리는 점이라도 있나?"

"아니, 아무것도 느낀 바가 없다면 다행이고."

그러고 나서 비비가 망설이면서 다시 입을 열었다.

"알은 평소에도 남이 갈아입을 옷 같은 걸 들고 다니나?"

"옷? 필요하면 크루스한테 한 번 물어보지 그래?"

"흠?"

"크루스는 뭐든지 가방에 넣고 다니니까."

"그렇구나."

비비가 안도한 표정으로 웃었다.

내가 그 불상사를 알아차리지 못했다고 판단했겠지.

그렇다면 됐다.

비비가 안심했을 즈음 저택이 시야에 들어왔다.

사신의 사도의 저택으로 접근하자 문지기들이 안도한 표정을 지었다.

"오오, 무사했구나."

"무모하게 돌진해서, 영영 못 돌아오는 줄 알고 걱정했어."

"역시 드래곤 좀비는 무섭지?"

문지기들은 우리가 드래곤 좀비를 보고서 그냥 물러났다고 여기는 듯했다.

진심으로 걱정해 주는 마음이 느껴져서 조금 기쁘다.

"걱정해 줘서……, 감사합니다."

"아니, 아니. 역시 사제님한테 다른 시련을 내려 달라고 부탁하는 편이 나아."

"맞아, 맞아. 불가능한 일은 시련이 아니지."

크루스가 문지기들을 향해 가슴을 활짝 폈다.

"괜찮아요! 확실히 쓰러뜨렸습니다."

"음? 뭘?"

"드래곤 좀비 말이에요!"

문지기들이 이맛살을 찡그리며 서로를 쳐다봤다.

"어린 아가씨. 거짓말하면 못써."

"맞아. 사제님한테 거짓말은 안 통해."

"불가능한 일이었다고 순순히, 사과하는 편이 나아."

"진짜예요~."

믿어주지 않아서 불만인지 크루스가 뺨을 부풀렸다.

문지기가 달래듯 말했다.

"아가씨……. 다 잘되라고 하는 이야기야……."

"자~, 이걸 봐요."

크루스가 마법 가방에서 하이 그레이트 드래곤 좀비의 송곳니를 꺼냈다.

드래곤 좀비의 송곳니는 아주 크다. 크루스의 다리보다도 길 정도다.

"이게 뭐냐."

"야, 엄청 크잖아!"

"그쵸~? 이렇게나 송곳니가 큰 드래곤을 쓰러뜨렸다고요."

"……진짜냐?"

문지지가 조심스럽게 송곳니를 만졌다.

질감이나 색깔 등을 보고서 진품임을 느꼈나 보다.

그리고 이내 당혹하기 시작했다.

"이거 말고도 다른 이빨이랑 발톱도 있어요~. 비늘은 썩어 버려서 챙길 수 없었지만."

크루스가 다른 전리품들을 보여주자 문지기들이 비로소 믿는 눈치였다.

고개를 깊이 숙였다.

"의심해서 미안하다."

"개의치 않으니 괜찮아요~."

"뭐, 보통은 드래곤 좀비를 쓰러뜨릴 수 있으리라 생각하지 못할 테니까."

"심려를 끼친 것 같아……, 저희야말로 미안합니다."

"그렇게 말해 주니 고맙다."

"사제님께서도 기뻐하시겠지."

문지기들의 시선을 느끼며 다시 건물 안으로 들어갔다.

이번에는 모피와 펨이 안으로 들어갈 때 아무 말도 하지 않았다.

건물 안으로 들어가니 사제와 부하들이 마중을 나왔다.

"상당히 빨리 왔군."

"확실히 쓰러트리고 왔으니 사도님을 뵙게 해주세요."

크루스가 그렇게 말하면서 송곳니와 발톱 등을 넘겼다.

사제와 그 부하들은 진지한 눈빛으로 송곳니를 살피기 시작했다.

"확실해. 이건 드래곤의 송곳니……."

"이토록 빨리 토벌하고 돌아올 줄이야……."

사제와 부하들 모두 놀란 반응이었다.

그리고 만족스레 고개들을 끄덕였다.

"역시나 그대들은 수완이 뛰어난 모험가였군."

"모험가의 실력을 멋지게 꿰뚫어 보시다니 사제님의 혜안은 대단하십니다."

"내 힘이 아냐. 이 모든 것은 신의 뜻이다."

사제가 그렇게 말하면서도 거들먹거렸다.
그리고 우리를 보고는 고개를 연신 끄덕였다.
"훌륭하다. 주상께서도 기뻐하시겠지."
"그럼 뵙게 해주는 겁니까?"
"흠. 좋다. 따라와라."
사제가 걸어 나갔다.
순순히 만나게 해주겠다고 하니 김이 샌다.
"어떤 사람일까요."
"궁금하구나."
"못모!"
크루스와 비비, 모피는 궁금한 모양이다.
펨과 시기는 얌전하다. 흥미가 별로 없는지도 모르겠다.
그렇게 잠시 걸어가니 건물 최심부에 도착했다.
"이 안에 주상께서 계신다. 결코 무례를 범하지 않도록."
"맡겨 주세요!"
"못!"
크루스가 힘차게 대답했다.
모피도 허리를 당당하게 곧추세웠다. 자신이 있는 눈치다.
그러나 사제는 크루스와 모피를 보고서 오히려 조금 불안해하는 눈치였다.
"너희들, 정말로 괜찮겠나?"
"괜찮으니라. 이 몸이 확실히 감시할 테니까."

"부탁한다. 정말로 부탁한다."

불안감을 아직 지우지 못한 사제와 함께 사도의 방에 들어갔다.

사도의 방은 나름 넓긴 했지만 어둑했다. 작은 창이 딱 하나 달려 있었다.

안에는 한 단 높은 곳이 설치되어 있고, 발이 처져 있다.

"주상. 새로운 신자를 데리고 왔습니다."

"…………."

대답이 없다.

주상이라 불리는 사신의 사도는 아마도 발 너머에 있는 듯하다.

"이 자들은 뛰어난 모험가이기도 합니다. 드래곤 좀비를 훌륭히 토벌하고서 시련을 극복했습니다."

"…………."

사도는 아직도 묵묵부답이다. 사제가 조금 당혹스러워했다.

"아니, 하지만……."

"…………."

"……알겠습니다."

사도와 사제가 대화를 나누고 있는 듯하다.

그러나 여전히 우리에게는 사도의 목소리가 들리지 않았다.

아마도 염화 같은 것으로 대화를 하고 있겠지.

"지금부터 주상께서 모습을 보이실 거다. 허나 여기서 본 것들을 결코 밖에 누설하지 말도록."

"그건 알겠는데……."

사제가 왜 그런 당부를 하는지 의미를 잘 모르겠다.

신자조차 사도를 대면할 수 있는 기회가 드물어서 그런 건가?

만약에 그렇다면 그 만남 자체로도 다른 신자들의 질투를 유발한다. 불필요한 알력이 발생할 수도 있다.

그렇게 생각하고 있으니 발 뒤에서 무언가가 나왔다.

"뭐, 뭐냐!"

"와~. 깜짝이야~."

"이럴 수가!"

비비와 크루스가 놀라워하며 목소리를 높였다. 나 역시 솔직히 놀랐다.

사신의 사도는 옅은 파란색이 감도는 투명하고 둥그런 물체였다. 크기는 두 팔로 안을 수 있을 정도다.

그 물컹물컹한 물체가 뿅뿅 뛰면서 이쪽으로 왔다.

"슬라임이네요!"

"슬라임 중에서도 희귀종이로군. 나도 본 적이 없어."

"루카였다면 종류를 비롯해 다양한 정보를 알고 있을 텐데요~."

"……너희들, 느긋하구나."

비비가 기가 막힌다는 듯 말했다.

슬라임은 말랑말랑하게 생겼지만 강력한 마수다.

부정형(不定形)이라서 물리 공격에 아주 강하다. 그뿐만 아니라 마법 내성도 꽤 높다.

종류에 따라서는 강력한 산(酸)이나 독을 무기로 사용한다. 토벌하기가 쉽지 않다.

C랭크 이하 모험가라면 발견하자마자 도망치는 게 기본이다.

B랭크 파티일지라도 준비가 부족하다면 물러서는 게 철칙이다.

사신의 사도로 추정되는 슬라임이 뿅뿅 뛰면서 눈앞으로 다가왔다. 그리고…….

"피기~."

힘차게 울었다.

나는 고개를 정중하게 숙였다.

설령 슬라임일지라도 사신의 사도다. 경의를 표해야만 한다.

"사신의 사도님. 처음 뵙겠습니다. 저는 알프레드 린트……."

"랴!"

"……알프레드라 린트라고 합니다. 부디 기억해 주시길."

시기쇼알라가 항의해서 '라' 자를 붙였다.

사신의 사도가 한 번 울었다.

"피기이."

"……주상께서 특별히 알현을 허가하겠다고 말씀하신다."

사제가 통역해 줬다.

슬라임은 외모에 어울리지 않게 위엄이 있는 말투를 쓴다.

그나저나 사도는 무슨 이야기를 하는지 아는 듯하다. 대단하다.

"사신의 사도님, 염화를 쓸 줄 압니까?"

"피기피기이~."

"……쓰지 못한다, 아니, 쓸 필요가 없다고 말씀하신다."

나는 사제에게 물었다.

"방금 전에, 염화로 대화를 나누지 않았던가요?"

"그건 다르다. 이 몸은 주상의 권속. 주상과 권속 사이에서는 염화와 비슷한 수단으로 대화를 할 수 있다."

마신의 사도나 성신의 사도는 권속과 염화로 의사소통을 할 수가 없는데 신기하다.

아니, 쓸 생각을 하지 않았을 뿐 실은 쓸 수 있는 걸까?

그렇게 생각하고서 나는 모피를 봤다.

"못?"

무슨 말을 하고 있는지 하나도 모르겠다.

모피는 크루스의 권속이기도 하므로 미묘하게 다른지도 모르겠다.

나는 크루스를 쳐다봤다.

"크루스는 쓸 수 있나? 모피와 펨은 일단 크루스의 권속 같은 존재이니."

"으~음. 무슨 말을 하는지 왠지 알 것 같은 때도 있긴 하네요~."

"그래?"

"예!"

어쩌면 연습하면 사용할 수 있는지도 모르겠다.

그러고 보니 거대한 모피에게 몸집을 줄이라고 부탁한 사람은 크루스였다.

그때 모피는 아직 염화를 사용할 수 없었는데도 소통하는 데 성공했다.
“역시나 사도와 권속끼리는 의사소통이 가능한지도…….”
거기까지 생각하고서 사고를 눈앞의 상황에 집중시켰다.
지금은 사신의 사도와 커뮤니케이션을 하는 것이 더 중요하다.
“마법으로 염화망(網)을 만들도록 하죠.”
“피기~.”
나는 사제를 비롯한 모든 인물들 사이에 마법으로 염화망을 구축했다.
염화 자체는 어려운 마법이 아니라서 마력도 별로 소비되지 않는다.
이렇게 해두고서 다시금 자기소개를 했다.
“마신의 사도, 자작 알프레드……라 린트입니다. 이쪽은…….”
“성신의 사도, 백작 크루스 콘라딘이야!”
“이 몸은 사도가 아닌 그냥 비비 린드발이니라.”
사제가 어? 하고 놀라워했다. 우리가 사도인 줄 몰랐겠지.
사제의 얼굴이 조금 창백해지더니 부들부들 떨기 시작했다.
이토록 겁을 먹을 줄이야. 정체를 괜히 숨겼나 싶어서 미안해진다.
사신의 사도도 이끌린 것처럼 떨고 있었다.
[신의 사도다!]
슬라임이 힘차게 말했다.
실제 연령은 모르겠지만, 목소리를 들어보니 어린 듯했다.

그나저나 사제가 통역해 준 말투와는 상당히 다르다.

위엄을 드러내기 위해서 일부러 근엄한 단어로 통역했는지도 모르겠다.

슬라임이 모피와 펨에게 말했다.

[복슬복슬!]

[마천랑이자 마랑의 왕인 펨이다.]

[모피.]

"랴아아."

시기가 내 품속에서 얼굴을 내밀고서 울었다.

"이 아이는 시기쇼알라. 고대룡 대공입니다."

[드래곤!]

"랏랴!"

사신의 사도가 부들부들거렸다.

혹시 신이 나서 그런지도 모르겠다.

겉모습만 봐서는 전혀 모르겠다.

[체르노보크!]

"주상의 존함입니다."

사제가 설명을 덧붙였다.

이 슬라임의 이름은 체르노보크인 모양이다.

나는 다시금 체르노보크에게 고개를 숙였다.

"왼쪽 무릎에 걸려 있는 저주를 풀어 주십사 체르노보크 공께 부탁드리러 왔습니다."

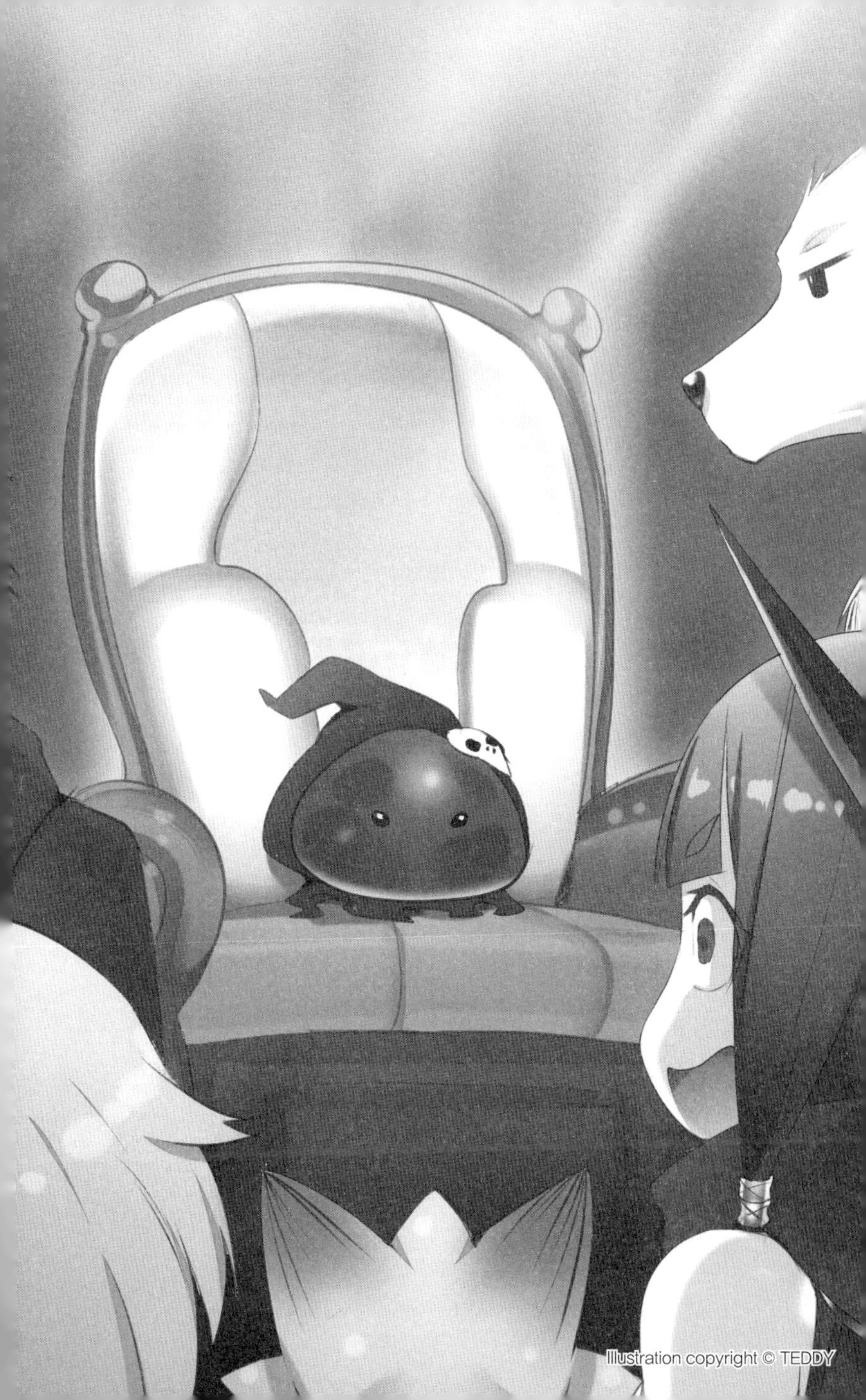
Illustration copyright © TEDDY

[불사의 존재를 죽이는 화살?]

역시 사신의 사도다. 한눈에 간파했다.

역시 일개 슬라임이 아닌 듯하다.

“예. 선대 마왕을 쓰러뜨렸을 때…….”

[피기~.]

염화로 말할 수 있는데도 피기~, 하고 울었다.

펨과 모피도 가끔 저러기에 딱히 놀라지 않았다.

체르노보크는 뿅뿅 뛰어와 몸으로 내 무릎을 건드렸다.

서늘하다.

[괜찮아졌어?]

“솔직히 잘 모르겠습니다.”

[피기.]

체르노보크가 부들부들거렸다.

사제가 보충하듯 말했다.

“주상께서는 아주 최근에 사도가 되셨습니다. 선대 마왕을 권속으로 삼으신 분은 주상의 선대 사도이십니다.”

“선대의 권속이 건 저주라서 해주할 수 없다는 겁니까?”

[……맞아.]

기분 탓인지 체르노보크가 미안해하는 듯했다.

그때 사제가 나와 크루스를 보고서 고개를 깊이 숙였다.

“아까 전에는 실례했습니다!”

“아뇨, 괘념치 말아요.”

“아무리 몰라봤다고는 해도 마신과 성신의 사도님을 감히 시험했습니다.”

“우리가 정체를 밝히지 않았기 때문이니…….”

고개를 깊이 숙이던 사제가 결국 넙죽 절까지 했다.

“잠깐…… 그렇게 할 필요까지는.”

“아뇨! 이렇게라도 해야만 제 마음이 후련해질 것 같습니다!”

사제가 고개를 들려는 기미가 없었다.

크루스가 고개를 들어 올리려고 했지만, 넙죽 절을 단호하게 유지했다.

“그리고…… 이런 상황에서 대단히 송구스럽긴 합니다만, 한 가지 부탁드릴 게 있습니다. 제발, 제발 선대 사신의 사도를 토벌해 주실 수 없겠습니까?”

[부탁해~.]

사제 옆에서 체르노보크가 부들부들거렸다.

체르노보크의 뜻이기도 한 모양이다.

“이야기를 자세히 해주겠습니까?”

나는 체르노보크와 사제에게 말했다.

사신 교단의 사제가 고개를 끄덕이고서 이야기를 시작했다.

“선대는 학자풍 마도사이고……, 그것도 연구를 위해서라면 다른 모든 것들을 희생해도 좋다는 생각을 갖고 있었는데.”

“그렇군요.”

매드 사이언티스트 같은 마도사였겠지.

마도사 중에는 종종 그런 녀석이 있다.

"참고로 무슨 연구를 했습니까?"

"불로불사입니다."

"……이 무슨 모순."

그런 녀석을 사도로 삼다니 사신의 생각을 잘 모르겠다.

사신은 불사를 절대로 허용하지 않는 신일 텐데.

"신의 진의를 추측하려는 건 헛수고다……, 이 말인가."

티미쇼알라의 말을 떠올렸다.

신은 지상을 휘저으며 그저 놀고 있을 뿐인가?

아니, 어쩌면 수천 년, 수만 년 단위의 미래를 보고 있는지도 모른다.

이 대륙, 아니, 이 별조차 뛰어넘는 무언가 목적이 있는지도 모른다.

어쨌든 인간의 몸으로 신을 이해한다는 것은 불가능하겠지.

그래도 일단 물어봤다.

"사신은 불사자를 용납하지 않는 신으로 알고 있는데, 선대는 사도가 된 이후에 불로불사 연구를 포기한 겁니까?"

"선대의 목적은 사도가 된 이후에도 전혀 바뀌지 않았습니다. 보다 과격해졌다고도 할 수 있겠군요."

사제가 고개를 서서히 가로저었다.

"이 교단도 일찍이 사신을 신앙하는 오래되고 소박한 종교였습니다. 선대가 과격하게 탈바꿈했지요."

비비가 고개를 갸웃거렸다.

"사신은 사악한 신이라고 일컬어지는 존재이니라. 그 교단이 소박하다니 믿기지가 않는구나."

"그렇게 생각하실 만도 하겠지만, 사람은 반드시 죽습니다. 그리고 죽음은 모두가 두려워합니다."

"그야 그렇지만."

"그래서 언제 죽어도 여한이 없도록 후회 없이 살아가라. 그것이 사신의 가르침이라고 저희들은 생각하고 있습니다."

비비가 팔짱을 끼고서 생각했다.

생각보다는 그럴 듯한 교리였다. 오래된 종교일수록 원만해지는 경향이 있긴 하다.

사신 교단도 세월이 흐르면서 점점 온건하게 변했는지도 모른다.

"선대는 불로불사를 현실로 만들기 위해서 뭐든 했습니다. 자금이 부족하면 돈을 받고서 선대 마왕을 권속으로 삼았고, 소재가 부족하면 소재와 교환하는 조건으로 마인왕을 권속으로 삼았습니다."

"절조가 없군요."

"그뿐만 아니라 좀비 비술을 널리 퍼뜨리고, 스스로 좀비를 만들기도 했습니다."

"그렇다면 완벽한 사교(邪敎)이니까…… 단속을 할 수밖에 없는데."

크루스가 얼굴을 찡그렸다.

크루스는 이 땅의 영주다. 좀비를 만드는 조직이 있다면 단속할 의무가 있다.

"현재는 결코 그러한 짓을 하고 있지 않으니……."

"근데 뒷산에 드래곤 좀비가 있었는데."

"그것도 선대가 만들었습니다. 퇴치하고 싶어도 너무 강력해서 그럴 수가 없었습니다."

"그냥 드래곤 좀비가 아니라 하이 그레이트 드래곤 좀비였으니까요. 퇴치가 어렵겠죠."

[고마워, 알프레드라. 크루스. 비비. 복슬복슬.]

"큰 도움을 받았습니다."

체르노보크가 다시금 감사의 뜻을 표했다. 사제는 고개를 또 숙였다.

체르노보크는 몸을 납작하게 변형했다. 고개를 숙였다는 의미겠지.

크루스는 체르노보크를 쓰다듬었다. 체르노보크는 기분이 좋은지 몸을 출렁이기 시작했다.

복슬복슬이라 불렸던 펨과 모피도 체르노보크의 냄새를 맡고 있다.

"피기."

"체르노보크 짱은 언제 사도가 됐어?"

[요전에~.]

"주상께서는 지난달에 사도가 되셨습니다. 그전에는 선대의 연구 대상, 즉 실험용 마수였습니다. 전 사육원이었고요."

[그래~.]

사제가 설명을 계속했다.

어느 날 느닷없이 선대가 교단에서 사라졌다.

시간이 잠시 흐르자 사도 자리가 선대에서 체르노보그에게로 이양되었다고 한다.

그 후로는 다 함께 교단을 온건하고 소박했던 예전 시절로 되돌리려고 애쓰고 있다고 한다.

"체르 짱은 사도가 됐을 때 금세 알아차렸어? 나랑 알 씨는 느끼질 못했는데."

"계시가 있었습니다."

"사신한테서?"

"예. 주상 본인과 교단의 주요 인물들 모두한테."

"오호~. 참고로 어떤 계시였어?"

사제가 체르노보그를 쳐다봤다.

신의 말을 신자가 아닌 자에게 섣불리 전해도 될는지 고민하고 있는지도 모르겠다.

체르노보그가 출렁출렁거렸다.

[좋아.]

"옙."

사제가 자세를 가다듬고서 눈을 감았다.

신의 말을 대변하는 것이다. 신자의 입장에서 경외할 수밖에 없겠지.

"새로이 나의 사도가 된 체르노보크와 함께 나의 가르침을 저버린 옛 사도에게 죽음을 내려라."

심호흡을 하고 나서 눈을 떴다.

"이상 신의 말씀입니다."

"지시를 확실히 내리는 경우도 있긴 하네요. 전 성신한테서 아무 소리도 듣지 못했어요."

"나도 들은 적이 없군."

"그렇죠~."

"사신은, 마신이나 성신과는 다르게 꽤 적극적인 것 같군. 그나저나……."

그렇다면 애초부터 사도로 선택하지 않았으면 됐을 텐데.

원래부터 불로불사를 연구하던 매드 사이언티스트였다. 이렇게 되리라 누구나 예상할 수 있었다.

대체 뭐가 '가르침을 저버렸다'인지 모르겠다.

나는 그렇게 생각했다.

그러나 신자 앞, 그것도 경건한 신자인 사제 앞이다. 차마 입 밖으로 내뱉을 수는 없다.

"그럼 애초부터……."

"다시 말해서! 신한테 계시를 받았기 때문에 선대 사도를 쓰러뜨려 달라는 말이군요."

크루스가 쓸데없는 소리를 하기 전에 큰 목소리로 덮어 버렸다.

문득 옆을 보니 모피와 펨이 앞발로 체르노보크를 툭툭 건드리고 있었다.

시기도 체르노보크와 놀고 싶은지 품 밖으로 날아가려고 해서 손으로 억눌렀다.

시기와 사신의 사도가 접촉해도 괜찮은지 신중하게 판단하고 싶다. 시기는 아직 아기다.

"예, 그렇습니다."

[부탁해!]

"선대는 스스로 강력한 불사자가 됐습니다. 평범한 모험가는 토벌할 수가 없습니다."

크루스가 체르노보크를 쓰다듬으며 말했다.

"체르 짱은 선대를 못 쓰러뜨리는 거야?"

[어려워~.]

"주상께서는 주변에 있는 약한 언데드들을 단숨에 하늘로 돌려보내실 수가 있습니다. 강력한 언데드일지라도 직접 접촉하면 가능합니다. 그것이 사신의 사도의 권능입니다."

"그럼 쓰러뜨릴 수 있는 거 아냐?"

사제가 고개를 가로저었다.

"선대는 스스로 언데드로 변했을 뿐만 아니라 좀비 군단까지 조직했습니다."

[다가갈 수가 없어~.]

"좀비 몇몇을 하늘로 돌려보내는 사이에 마술에 당해버립니다.”

[강하다구~.]

“주상의 전투 능력은 그리 높지 않습니다. 드래곤 좀비도 여러 번 퇴치하려고 시도했지만, 다가갈 수가 없어서 실패했습니다.”

[브레스 무서워.]

체르노보크가 그렇게 말하고서 부들부들거렸다. 겁을 먹어서 떠는 거겠지.

드래곤 좀비는 강력하니까.

전투 능력이 낮다면 접촉하는 것조차도 어렵겠지.

사제가 다시금 고개를 숙였다.

체르노보크도 납작해졌다.

“부디 저희들한테 힘을 빌려주십시오. 선대 곁으로 주상을 모셔가기만 해도 됩니다.”

[부탁해~.]

곤란을 겪고 있다면 도와줘야겠지.

더욱이 좀비 군단을 가만히 내버려 두면 위협이 될 것이다.

“맡도록 하지요.”

“‘불사의 존재를 죽이는 화살’도 선대의 권속……, 어? 괜찮겠습니까?”

사제가 놀라워했다.

“괜찮습니다. 그렇지? 크루스, 비비.”

“맡겨 주세요.”

"하는 수 없구나."

"펨과 모피도 괜찮나?"

"와후우."

"못모!"

"랏! 랏!"

펨과 모피는 물론이고 시기도 찬성하는 뜻을 드러내듯 힘차게 울었다.

선대 사왕의 소재지는 교단 저택에서 몇 시간쯤 걸어가면 나온다고 한다.

아지트를 만들어 수많은 좀비들을 배치해뒀다고 한다.

그 소리를 듣고서 크루스가 가방 속에서 부스럭부스럭 지도를 꺼냈다.

"이 지도에서 이쯤인가요?"

"그게 말이지요……."

사제가 당혹스러워했다.

읽는 법을 모르면 지도를 볼 수가 없다.

상인이나 모험가, 군인 등 특수한 직종 이외에는 지도 지식이 별로 필요 없다.

"여기가 왕도고, 여기가 무르그 마을이에요~."

"에…… 무르그?"

크루스가 손가락으로 가리키면서 설명했지만 사제는 난처해했다.

왕도도 아니고, 보통은 무르그 마을을 알 리가 없다.

크루스가 설명하는 도중에 체르노보크가 뿅, 하고 뛰어서 지도 위에 올라갔다.

[여기야~.]

몸 일부를 길게 늘어뜨려 지도의 한 점을 가리켰다. "체르 짱, 지도 볼 줄 알아?"

[볼 줄 알아~.]

아직 왕도와 무르그 마을의 위치밖에 설명하지 않았다.

현재 위치조차 설명하지 않았다.

그럼에도 체르노보크는 알았다.

원래부터 지도를 읽을 줄 아는 거겠지. 현명한 슬라임이다.

"대단해~."

"못모!"

"역시 주상이십니다!"

크루스는 체르노보크를 쓰다듬었고, 모피는 코끝으로 툭툭 건드렸다.

체르노보크가 부끄러운지 부르르 떨었다.

나는 들떠 있는 크루스에게 물었다.

"여긴 크루스 영지인가?"

"그렇겠죠. 대강 여기까지가 경계선입니다."

크루스가 지도 위에다가 손가락으로 그었다.

현재 우리가 있는 교단 본부도, 전 사왕의 아지트도 아슬아슬하게 영지에 속한다.

“크루스의 영지에는 이상한 게 많군.”

“에헤헤.”

그렇게 대화를 나누고 있으니 사제가 걱정하는 표정을 지었다.

“저기…… 혹시 이 땅의 영주님이십니까?”

“그래요~.”

“인사도 드리지 않다니 참으로 죄송합니다.”

“괘념치 말아주세요!”

크루스가 웃으며 말을 이었다.

“추후에 세금도 징수하러 올 테니까~.”

“하하하, 부디 살살…….”

사제의 얼굴이 굳어졌다.

그 후에 우리는 전 사왕의 아지트로 가기로 했다.

배웅하러 나온 사제가 말했다.

“실은 사왕을 쓰러뜨리면 ‘불사의 존재를 죽이는 화살’ 저주가 풀릴지도 모른다는 말로 토벌을 부탁할 작정이었습니다.”

“아아, 그랬군요.”

그러고 보니 저주를 걸었던 전 마왕은 전 사왕의 권속이었다.

그래서 체르노보크가 해주하기가 어렵다고 했다.

“하지만 마왕님께서는 그 부분을 언급하지도 않았는데 부탁을 들어주셨습니다. 감사합니다.”

사제가 고개를 깊이 숙였다.

그뿐만 아니라 나를 마왕이라고 불렀다. 상당히 부끄럽다.

"도울 수 있다면 어려운 사람을 도와야죠."

"참으로 덕이 높으신 분……."

"그보다도 마왕이라고 부르지 마십시오. 토벌되고 말 테니까."

사제가 살짝 웃었다.

"알겠습니다."

"비밀입니다."

"물론입니다."

우리는 사제를 두고서 출발했다.

체르노보크는 크루스의 품속에 들어간 상태로 동행하기로 했다.

건물을 나서자 문지기들이 말을 걸었다.

"오오, 너희들 이제 돌아가는 거냐?"

"부탁을 좀 받은지라."

문지기가 크루스를 보고서 고개를 갸웃거렸다.

"어라? 아가씨……."

"왜요?"

"가슴이…… 아니, 아무 것도 아니다."

체르노보크가 들어가 있어서 크루스의 가슴이 풍만하게 보인다.

엄청나게 수상하다.

그러나 문지기는 무시하기로 한 모양이다.

"그럼 다녀올게요~."

"조심해라!"
문지기의 배웅을 받으며 우리는 출발했다.
저택에서 멀어진 뒤 펨이 거대화했다. 그리고 단숨에 가속했다.
가속하자 평소처럼 시기쇼알라가 품 밖으로 고개를 내밀었다.
"랴랴~!"
시기가 날개를 파닥거리고 있다. 아주 신이 났나 보다.
"시기는 고속 이동을 좋아하는구나."
[더 빠르게 달릴 수 있다!]
펨이 자랑스럽게 말했다. 조금 더 가속했다.
"랴!"
"피기이."
크루스의 품속으로 들어갔던 체르노보크가 몸을 살짝 드러냈다.
체르노보크는 어디가 얼굴인지 알 수가 없다.
"체르노보크는 변형할 수 있지?"
[가능해~.]
"눈이나 입도 옮길 수 있나?"
[옮길 수 있어~.]
"등 쪽에 눈을 딱 하나만 옮기는 것도 가능한가?"
[가능해~.]
체르노보크가 귀여운 두 눈동자를 능숙하게 따로따로 움직였다.
이야기를 자세히 들어보니 눈을 잘 배치하면 전방위를 다 볼 수 있을 것 같다.

"오오, 굉장해. 전투할 때 사각이 없을 것 같아서 부럽군."

[근데 피곤해~.]

"확실히 뇌가 정보를 처리하느라 벅찰 것 같긴 하군."

그런 대화를 나누면서 한동안 달려가니 불쾌한 냄새가 풍기기 시작했다.

걸어서 몇 시간이 걸리는 여정도 펨과 모피의 다리라면 그리 오래 걸리지 않는다.

"냄새가 나는군."

"악취 피해입니다! 영주로서 어떻게든 해야겠어요."

"인근에 마을이나 가도가 없는 게 불행 중 다행인가."

"애당초 마을이 있었다면 진정이 올라왔겠지."

"그도 그런가."

"피기."

체르노보크가 크루스의 어깨에 올라 부들부들거리고 있다.

겁을 먹은 건지, 아니면 전투를 앞두고 긴장하고 있는 건지. 아니면 전혀 다른 의미인지.

슬라임의 감정 표현을 잘 모르겠다.

계속해서 달리니 썩는 냄새가 더욱 심해졌다.

드디어 높다란 벽과 그레이트 드래곤 좀비가 눈에 들어왔다.

벽으로 아지트를 에워싼 뒤 드래곤 좀비를 문지기로 부리고 있다.

일단은 방비책을 마련해두긴 한 것 같다.

"알 씨! 어떻게 할까요?"

나는 펨과 모피를 힐끔 봤다.

시원하게 달리고 있긴 하지만, 이 악취 속에서 오래 버티지는 못하겠지.

"단숨에 사왕이 있는 곳까지 돌파하자. 앞길에 걸림돌이 되는 것들만 베어 버려."

"예!"

크루스가 대답과 함께 더욱 가속했다.

눈앞에는 그레이트 드래곤 좀비가 한 마리 있다.

강적이긴 하지만 크루스의 상대는 아니다.

크루스의 접근을 알아차린 그레이트 드래곤이 입을 벌리려고 했다.

그 순간 크루스가 더 빨라졌다.

"포효하도록 순순히 놔둘 것 같아!"

"G……."

포효와 함께 브레스를 뱉기 전에 크루스가 성검으로 드래곤의 목을 베어 버렸다.

"끝장은 이따가!"

"예!"

아무리 성검이라고 해도 단칼에 좀비를 죽일 수는 없다.

머리를 잃은 드래곤의 몸이 아등바등 발버둥을 치고 있다.

그러나 눈코귀가 달린 머리를 잘라 버렸으니, 그저 팔다리만 마구 휘두르고 있을 뿐이다.

평범한 모험가에게는 위협이 되겠지만, 우리에게는 전혀 아니다.

"이따가 확실히 끝장을 내줄게."

고속으로 달리는 펨을 탄 채로 나는 드래곤 좀비에게 말했다.

[가엾다.]

좀비는 정말로 가엾다.

"피기이이이이~~!"

그때 크루스의 어깨에 타고 있던 체르노보크가 외쳤다.

그 동시에 강하게 반짝이더니 아름다운 푸른빛이 사방에 쏘아졌다.

"grr."

드래곤 좀비의 머리가 작게 울고서 동작을 멈췄다. 동시에 몸통도 멈춰버렸다.

"무, 무엇이냐?"

"모우?"

"사신의 사도의 권능이겠지. 약한 좀비는 하늘로 돌려보낼 수 있다고 했으니."

비비와 모피가 당혹스러워하기에 해설해줬다.

턴 언데드라는 기술이다.

드래곤 좀비는 약하지 않지만, 성검에 베여 약해졌기에 통했겠지.

"턴 언데드는 성직자가 사용하는 스킬이잖느냐."

"그렇지. 그 스킬의 초강력판이겠지."

교회 성직자가 사용하는 턴 언데드는 솔직히 약하다.

공격 마법을 날리는 편이 나을 정도다.

그러나 사신의 사도의 턴 언데드는 강력한 모양이다.

성직자의 성별(聖別)과 성신의 사도 크루스의 성별의 효과가 하늘과 땅만큼 차이가 나는 것처럼.

"체르 짱, 대단해!"

"피깃!"

크루스가 칭찬하자 체르노보크가 부들부들 떨었다.

체르노보크를 어깨에 올린 채로 크루스는 아지트 안으로 돌진했다.

아지트에 들어간 뒤 체르노보크가 또 반짝였다.

빛을 쬔 좀비들이 일순 동작을 멈췄다.

약해 보이는 좀비들 중에는 완전히 멈춘 자까지 있었다. 하늘로 돌아갔겠지.

"달리기가 한결 편해졌어!"

"피기."

일순간이라도 동작을 멈춘다는 건, 크루스에게는 아주 커다란 틈이다.

굳이 가속하지 않고도 거추장스러운 좀비들을 베면서 나아갔다.

나와 펨, 비비와 모피는 그 뒤를 따라가기만 할 뿐이었다.

"사제가 전투 능력이 낮다고 했는데, 크루스와 짝을 맺어 좀비와 싸우게 하니 굉장하군."

"드래곤 좀비가 마치 고블린 같구나……."

순식간에 최심부까지 나아갔다.

그곳에는 인간 언데드가 서있었다.

[전 사도야.]

"저 녀석인가."

얼굴은 녹색이지만 무너져 내릴 만큼 부패가 진행되지는 않았다.

아무 의지가 없는 것처럼 멍한 표정이었다.

"크루스, 주의해."

"예!"

크루스와의 거리가 10보 정도까지 좁혀지자 전 사왕의 기척이 바뀌었다.

크루스가 황급히 뒤로 물러났다. 전 사왕이 쏜 마법의 화살이 그녀를 쫓았다.

한 발이 아니다. 동시에 수십, 아니, 수백 발의 화살이 날아들었다.

"'불사의 존재를 죽이는 화살'이야! 맞으면 안 돼."

"예!"

전 사왕은 예비동작 없이 '불사의 존재를 죽이는 화살'을 쐈다.

화살은 빠르고 대량이라서 끊길 새가 없었다.

직선 궤도로 날아드는 화살이 있는가 하면, 포물선을 그리는 화살도 있었다.

물리적인 화살이 아니라서인지 도중에 갑자기 가속하기도 했다.

천하의 크루스도 접근할 수가 없었다.

"비비, 모피. 등 뒤를 맡긴다!"

"알겠느니라."

"못모!"

비비를 전 사왕에게서 떨어뜨리는 동시에 뒤에서 습격해오는 좀비들을 막도록 했다.

"모오오오오오."

"이거나 먹도록 해라!"

뒤쪽에서 마력탄이 작렬하는 소리가 들렸다.

비비가 쏜 마법의 소리도 들렸다.

상황이 이렇게 됐으니 이제는 마법을 아낄 수가 없다.

제아무리 크루스일지라도 수백 발이나 되는 '불사의 존재를 죽이는 화살'을 계속 피하기란 어렵겠지.

나는 마력 장벽을 펼쳐서 크루스에게로 날아드는 '불사의 존재를 죽이는 화살'을 떨어뜨렸다.

[이쪽으로 날아드는 화살은 맡겨둬라.]

"부탁할게."

펨이 스스로 미끼가 되어 내 쪽으로 날아드는 화살을 유도한 뒤 멋지게 피했다.

전력을 다하는 펨은 아주 민첩하다.

원체 민첩한 마랑이었고, 마천랑이 되면서 더욱 민첩해졌다.

"피기~!"

체르노보크도 열심히 빛을 내고 있다. 그러나 전 사왕은 기세를 늦추지 않고 화살을 계속 날려댔다.

전 사왕에게 턴 언데드를 걸기 위해서는 직접 접촉해야만 한다.

마법 장벽으로 '불사의 존재를 죽이는 화살'을 막아내면서 틈을 보아 마력탄을 쐈다.

그러나 '불사의 존재를 죽이는 화살'에 격추됐다.

"성가시군."

[공수 모두 빈틈이 없다!]

"다가갈 수가 없어요!"

"피기!"

역시 사왕이었던 자답다.

일격에 치명상을 입힐 수 있는 공격을 대량으로, 그것도 고속으로 날려대고 있다.

"화살은 내가 전부 떨어뜨릴게."

"맡길게요!"

다시금 기합을 불어넣었다.

이렇게 되면 한 번에 수백 발씩 날아드는 화살을 모조리 떨어뜨리는 수밖에 없다.

나 역시 동시에 수백 개의 마법 장벽을 생성했다.

개개의 장벽들을 소형화하여 화살 끝에 정확하게 부딪치게 했다.

──가아아아아아──.

화살과 장벽이 부딪치는 수백 개의 소리가 하나로 합쳐져 들려왔다.

크루스는 나를 믿고, 화살을 전혀 신경쓰지 않으며 돌진했다.

전 사왕은 돌진해 오는 크루스에게 화살을 더욱 집중했다.

밀도가 더욱 짙어졌다. 나도 장벽을 더 생성하여 대항했다.

전 사왕과의 간격이 좁혀지자 크루스의 어깨에서 체르노보크가 펄쩍 뛰었다.

"핏기이이이이이이이이이이이!!"

눈부신 푸른빛이 반짝였다. 사왕이 전력을 다하여 턴 언데드를 시전했다.

그래도 전 사왕을 하늘로 보내지는 못했다.

전 사왕으로 하여금 순간 몸을 젖히게 했을 뿐이다. 그러나 크루스에게는 충분하고도 남는 시간이었다.

"하아아아아아!!"

크루스가 기합과 함께 성검을 휘둘렀다. 전 사왕이 두 동강이 나서 쓰러졌다.

"피깃!"

체르노보크가 재빨리 전 사왕에게 달려들었다.

전 사왕의 얼굴에 달라붙어서는 대단히 강하게 반짝였다.

"우기……."

전 사왕이 한 번 신음하고서 움직임이 멎었다.

"피기이……."

체르노보크의 울음소리가 조금 쓸쓸하게 들렸다.

"체르 짱 괜찮아?"

[괜찮아.]

크루스가 체르노보크를 부드럽게 안았다.

"다 끝났으면 이쪽을 도와주러 오너라!"

"못모~~~."

뒤에서 싸우고 있는 비비와 모피가 큰 목소리로 외쳤다.

"바로 갈게~."

"피기~."

크루스는 체르노보크를 어깨에 올리고서 돌진했다.

체르노보크는 변함없이 아름다운 푸른빛을 뿜어냈다.

"우리도 갈까."

[무릎은 괜찮은 거지?]

"무리는 안 해."

펨이 달렸다. 나도 펨을 탄 채로 마력탄을 쐈다.

체르노보크의 턴 언데드 덕분에 잔적들을 순식간에 섬멸할 수 있었다.

전 사왕과 좀비들을 모조리 쓰러뜨린 뒤 체르노보크가 쓰러진 언데드들과 하나씩 접촉해 나갔다.

체르노보크가 지닌 사신의 사도의 권능으로 영혼을 하늘로 돌려보내기 위해서다.

그렇게 조치를 해두고서 주변을 다시금 관찰했다.

벽으로 둘러싸여 있고, 안쪽에는 연구소로 보이는 건물이 있다.

전 사왕은 아까 전까지 그 건물 앞에 멍하니 서있었다.
크루스가 전 사왕의 유해를 보면서 중얼거렸다.
"무슨 언데드였을까요. ……마치."
"좀비 같았다?"
"예. 근데 사왕이었던 자가 좀비가 될 수는 없을 것 같은데."
크루스의 의문은 타당하다.
사왕이 스스로를 언데드로 만들면서 좀비를 택했을 리가 없다.
"근데 아무리 봐도 좀비 아니더냐. 겉모습도, 행동도."
"그렇긴 하지."
[냄새도 좀비 냄새였다.]
"모우."
펨과 모피도 좀비라고 주장하고 있다.
나는 체르노보크에게 물어봤다.
"체르. 전 사왕은……."
[좀비야.]
"스스로 강력한 불사자가 되었다고 하지 않았나?"
[아마, 실패했을 거야.]
"그럴 수가 있나? 명색이 사왕이었잖아?"
[사왕의 권능을 잃었어.]
나는 잠시 생각했다.
"즉, 스스로를 강력한 언데드로 만드는 술법을 발동한 순간 사왕이 아니게 됐다는 뜻?"

[아마도.]

"그렇군."

술법이 발동하는 도중에 사신의 가호를 상실한 바람에 오류가 일어나 좀비가 됐다.

그렇게 된 것일지도 모른다.

불사자를 결코 용납하지 않는 사신에게는 그야말로 최고의 타이밍이었다.

만약에 그렇다면 사신의 의지를 인간이 헤아리기란 의외로 쉬울지도 모르겠다.

"섬뜩하구나……."

"모우……."

비비와 모피가 가엾다는 눈빛으로 전 사왕을 쳐다봤다.

그러고 나서 우리는 좀비 유해에서 전리품을 회수하고서 소각했다.

전 사왕도 화장했다.

그다음에는 건물을 조사했다. 나름 큰 건물이었다.

안에는 연구 도구와 자료들이 산더미처럼 있었다.

[전에는 교단에 있었어~.]

"자료와 도구들을 챙겨서 여기로 이동한 건가."

"왜 그런 짓을 했을까요?"

크루스가 고개를 갸웃거렸다.

사제의 이야기에 따르면 전 사왕이 교단에서 갑자기 사라졌다고 한다.

그리고 사도 자리가 체르노보크에게로 넘어갔다.

"수많은 좀비들을 만들어 내기에는 교단 건물이 적절하지 않았을지도."

"흠~?"

"혹은 교단을 또 다른 용도로 쓸 작정이었다든가."

교단 건물에서 좀비를 만들 작정이라면 인간들을 모조리 내쫓든가, 좀비로 만들어야만 한다.

그러나 교양을 나름 갖춘 사람들로 구성된 조직은 쉽게 만들 수가 없다.

그것은 좀비화된 마수 집단을 만드는 것보다도 어렵다. 그래서 아까워했을지도 모르겠다.

"뭐, 이렇게 됐으니 진실을 영영 알 수가 없겠군."

"흠~. 전 사왕은 여기서 좀비 연구를 하고 있었던 걸까요?"

"좀비라기보다는 언데드 전반이라고 해야 하려나."

"이딴 연구, 몽땅 태워 버리면 그만이니라!"

"못모!"

비비와 모피는 태워야 한다고 주장하고 있다.

[펨은 적을 아는 게 중요하다고 생각한다.]

"럇랴!"

펨과 시기쇼알라는 후속 연구를 해야 한다는 입장인 듯하다.

아니, 시기는 그냥 울기만 했는지도 모른다.

"흐음~. 알 씨, 어떻게 해야 좋을까요?"

크루스가 진지한 얼굴로 고민했다.

이곳은 크루스의 영지. 크루스의 재량으로 결정해야 한다.

언데드와 관련한 자료 등은 태우는 편이 낫다는 생각도 있다.

대책을 강구하기 위해 남겨 둬야 한다는 생각도 있다. 어려운 문제다.

나는 체르노보크에게 물었다.

"사신 교단에서 보관하고 싶나?"

[하고 싶지 않아.]

"그래?"

[나쁜 녀석이 눈독이라도 들인다면 무섭다고~.]

사신 교단의 전투력은 그리 높지 않다.

체르노보크가 뭘 우려하는지는 잘 안다.

"자료는 모르겠지만, 건물과 연구 자재들은 태우는 게 나을지도 모르겠군."

"자료는 어쩌죠? 엄중히 보관할 수 있으면 좋을 텐데."

"무르그 마을의 창고나……, 시기의 보물고에 넣어두면 되려나."

그렇게 해두면 악인이 훔쳐가지는 못하겠지.

더욱이 만약에 연구할 필요성이 생기면 언제든지 참조할 수 있다.

"과연, 알겠습니다! 자료는 알 씨한테 맡길게요. 건물은 태우도록 하죠."

"알겠어."

나는 자료를 마법 가방에 집어넣었다.

"건물은 이 몸의 마법진으로 태워 버리겠노라!"

비비가 건물 주변에 마법진을 그려 나갔다.

꽤 큰 마법진이다. 그래도 순식간에 완성했다.

"비비, 정말로 마법진을 그리는 속도가 빨라졌군."

"흐흠. 알아주는구나!"

비비가 자랑스레 가슴을 살짝 폈다.

그리고 비비가 발동한 마법진의 위력은 강렬했다. 일순간에 건물이 화염에 휩싸였다.

결계가 쳐져 있어서 열기가 밖으로 달아나지 못한다. 마치 고성능 화로 같다.

건물을 다 태운 뒤 체르노보크가 뿅뿅 뛰며 다가왔다.

그리고 몸으로 내 왼쪽 무릎을 건드렸다.

[알라, 무릎 괜찮아?]

"아직 그대로야. 하지만 마법을 썼으니 오늘 밤에 통증이 도질지도."

마법을 쓰면 무릎 속 돌이 성장한다.

[걱정. 힘낸다~.]

체르노보크가 그렇게 말하고서 빛나기 시작했다. 치유를 해주려는 듯하다.

아주, 고맙다.

반짝이는 체르노보크를 보면서 크루스가 고개를 끄덕였다.

"전 사왕을 하늘로 돌려보냈으니 이제는 해주할 수 있을지도!"
[힘낸다~.]
빛의 세기가 강해질수록 통증이 줄어들어 나갔다.
무릎에서 느껴지는 위화감이 옅어져 간다.
잠시 뒤 체르노보크가 내뿜던 빛이 멎었다.
[어때?]
"왠지, 좋아진 것 같아."
[다행이야~.]
체르노보크가 출렁출렁거렸다.
크루스가 내 왼쪽 무릎을 부드럽게 어루만졌다.
"음. 확실히 예전부터 느껴지던 전 사왕의 불길한 느낌이 사라진 것 같기도 해요!"
"오오! 알, 완전부활이더냐?"
만약에 그렇다면 아주 기쁠 것 같다.
"체르, 고맙다."
고마움을 표하자 체르노보크가 납작해졌다.
[완전부활 아냐~. 미안.]
"그래도 상당히 나아진 것 같은데?"
[무릎 부분. 영혼이 다쳤어~.]
"흠흠."
[영혼은 간단히 고칠 수 없어.]
"그렇군. 그건 그렇겠지."

영혼을 낫게 할 수 있다면 좀비조차 부활시킬 수 있다.

[근데 이제 돌은 생기지 않을 거야.]

"그것만으로도 아주 기뻐. 고마워, 체르."

[응.]

체르노보크가 부들부들 떨었다.

전 사왕의 아지트를 처리한 뒤 우리는 교단으로 돌아갔다.

체르노보크는 나섰을 때와 마찬가지로 크루스의 가슴속으로 들어갔다.

이번에는 문지기들도 크루스의 풍만해진 가슴을 보고 아무 말도 하지 않았다.

교단 건물 내부에서 사제가 기다리고 있었다.

"어, 어떻게 됐……, 앗. 우선은 이쪽으로……."

사제가 물어보려다가 주변에 신자가 있음을 깨달았다.

그래서 황급히 안쪽 방으로 안내했다.

"그래서 어떻게 됐습니까?"

"확실하게 쓰러뜨렸어."

[쓰러뜨렸어~.]

크루스의 가슴속에서 체르노보크가 튀쳐나왔다. 땅바닥에서 뽕뽕 뛰어오르고 있다.

모피가 이내 체르노보크에게로 달려갔다. 코끝으로 건드리면서 장난치기 시작했다.

펨도 앞발로 체르노보크를 툭툭 건드리고 있다.

"피기피기~."

"뭇모우!"

"와후우."

체르, 모피, 펨 모두 즐거워하는 모습이다.

시기쇼알라도 끼고 싶었겠지. 품 밖으로 날아갔다.

"랏랴!"

"피기!"

시기는 두둥실 날아서 체르노보크 위에 올라탔다.

체르노보크가 즐거워하며 출렁출렁거렸다.

사제가 흐뭇해하면서 그 광경을 바라봤다.

"그렇습니까? 선대는 무사히 신의 곁으로 돌아갔군요……."

"크루스가 성검으로 베었고, 체르노보크가 턴 언데드로 하늘로 돌려보냈습니다."

"감사합니다……. 드디어 어깨에 짊어졌던 짐을 내려놓았습니다."

사교 교단의 입장에서 선대 사왕 토벌은 신탁으로 내려진 신의 명령이다.

따라서 목숨과 맞바꿔서라도 기필코 달성해야만 한다.

달성하지 못한 채 허송세월만 보냈기에 그 정신적인 중압감이 대단했겠지.

"선대는 좀비가 되어 있었어요."

"이럴 수가……."

사제가 아연실색했다.

명색이 사신의 사도였다. 좀비가 될 리가 없다고 생각하고 있었겠지.

리치나 드라우그, 스펙터가 됐다고 예상했을지도 모른다.

나도 그런 줄 알았다.

"신벌……일까요?"

"모르겠습니다. 인간의 몸으로 신의 의지를 헤아리기란 불가능하지 않을까 싶은데."

티미쇼알라의 말을 빌렸다.

"마신의 사도님께서 그렇게 말씀하신다면, 그런 걸지도 모르겠군요."

"저도 신의 의지를 느껴본 적이 없는지라……."

"나도 없어요~."

"선대는 신탁 같은 걸 받았던 겁니까?"

"아마도 받지 않은 것 같습니다만……."

체르노보크를 쓰다듬던 비비가 이쪽을 쳐다봤다.

"사신이 체르를 마음에 들어 했는지도 모르겠구나."

"피기?"

"그럴지도."

그 뒤에 교단에서 저녁을 대접받기로 했다.

보답의 뜻도 겸하고 있겠지.

저녁 식사가 앞에 차려졌을 즈음 해가 이미 저물어 있었다.

"피기!"

"체르노보크의 밥은 인간이 먹는 음식이랑 똑같군."
[그래~.]
사제가 말한다.
"주상께서는 뭐든지 드십니다."
"뭐든지 다 먹는다니?"
"풀과 꽃부터 벌레까지…… 그 밖에 여러 가지를……."
[그래도 밥이 제일 맛있어~.]
뭐든지 먹을 수 있지만, 인간의 음식을 선호한다는 뜻이겠지.
먹을 수 있는 것과 먹고 싶은 것은 다르다. 인간도 히드라의 살을 먹을 수 있지만, 먹고 싶어 하지는 않는다.
식사를 마친 뒤 사제가 다시 고개를 깊이 숙였다.
"사도님께 청이 있습니다."
"뭔가요?"
"주상을…… 보호해 주셨으면 합니다."
"보호 말입니까?"
사제가 체르노보크를 보고서 고개를 크게 끄덕였다.
"그렇습니다. 주상께서는 여기에 있어서는 안 된다고 생각합니다."
"어째서, 이 교단에 있으면 안 돼? 체르 짱, 주상이니 위대한 존재잖아?"
"물론 위대한 존재입니다. 하지만 우리 교단의 전투력은 빈약합니다. 뒷산에 있는 드래곤 좀비도 쓰러뜨리지 못할 만큼……."

그건 평범한 일이다. 전투력이 빈약하다는 근거가 되지 못한다.

그러나 무르그 마을에 비해 전투력이 뒤떨어지는 건 사실이긴 하다.

“만약에 마인왕 같은 자가 또 나타난다면 주상을 납치하여 이용하고 말 겁니다.”

“그건 분명하겠지. 체르 자신의 전투력은 빈약하더라도 사도의 권능은 편리하니.”

[무서워~.]

체르노보크가 부들부들거리고 있다. 공포를 느끼고 있는지도 모르겠다.

“알. 어떻게 할 게냐?”

“전 체르 짱이랑 살면 재밌을 것 같은데~.”

“체르는 어떻게 생각해? 사제와 떨어져서 지내도 괜찮나?”

[으~음.]

체르노보크가 생각에 잠겼다. 슬라임 표면이 물결치듯 출렁이고 있다.

사제는 원래 체르노보크의 사육 담당이었다고 한다.

사육 담당자와 슬라임이 어떤 관계인지 나는 잘 모르겠다.

사제가 체르노보크에게 말했다.

“사도님들이 사시는 마을은 그리 멀지 않고, 보고 싶으면 언제든지 만날 수도 있으니.”

[으~음. 그럼 괜찮아~.]

"그래? 그럼 체르도 함께 무르그 마을로 갈래?"

[갈래~.]

비비가 사제에게 물었다.

"교단은 괜찮은 게냐? 체르가 가장 높지 않느냐?"

"그건 괜찮습니다. 역대 주상께서 늘 교단 본부에만 머무르셨던 것도 아니고요."

"교단이 분열되거나 하지 않겠느냐?"

"그것도 괜찮을 겁니다. 주상께서 근처에 계시니."

교단도 안정되어 있고, 체르노보크도 함께 가고 싶다고 하니 나로서는 불만이 없다.

체르노보크를 무르그 마을로 데리고 돌아가기로 했다.

크루스가 기뻐하며 체르노보크를 쓰다듬었다.

"체르 짱, 잘 부탁해."

"피기!"

체르노보크를 쓰다듬던 크루스가 무언가 떠오른 것처럼 말했다.

"아, 세금을 깜빡했다."

"아우."

사제가 순간 난처해했다.

"종교 단체라서 세율을 설정하기가 어렵네요~."

"예……."

"으~음. 대관이나……, 아니면 대관대행을 파견할 테니 잘 부탁해요!"

대관은 무르그 마을 등을 관장하는 대관보좌의 업무도 수행해야 해서 바쁘다. 대관대행도 아마도 바쁘겠지.

그러나 대관보좌에게는 짐이 무겁다. 대관보좌는 기본적으로 농촌 출신자다.

밭에 등급을 매기는 것은 잘 하겠지만, 종교 단체를 조사하는 건 어려워하겠지.

그러므로 대관이나 대관대행이 해야만 한다.

"알겠습니다……."

"맞아, 세율을 가혹하게 매기지 말라고 당부해 둘 테니 안심하세요!"

"잘 부탁드리겠습니다."

사제가 다시금 고개를 깊이 숙였다.

식사를 마친 뒤 우리가 돌아가려고 하자 사제가 만류했다.

"이미 해도 저물었으니 부디 묵도록 하십시오."

무르그 마을까지 펨과 모피가 서두르면 약 세 시간쯤 걸린다.

급한 용무도 없는데 밤길을 달리고 싶지는 않다.

더욱이 사제도 체르노보크와의 이별을 아쉬워하는 듯했다.

그래서 묵고 가기로 했다.

"알프레드라 님의 방은 이쪽입니다."

"감사합니다."

"비비 님의 방은……."

방을 하나씩 주려는 모양이다.

곰곰이 생각해보면 평범한 일이긴 하지만, 왠지 사치스러운 기분이 든다.

"모피 님은 이쪽, 펨 님은 이쪽에서."

이럴 수가. 털북숭이들에게도 방을 하나씩 배정해 주려는 모양이다.

"못!"

[불필요하다.]

그러나 모피와 펨은 방이 필요가 없단다.

모피와 펨은 내 방에서 함께 지내기로 했다.

"침대가 좁은데 괜찮겠어?"

[괘념치 않는다.]

"못모!"

그러나 비비가 모피의 머리를 끌어안았다.

"모피는 이 몸과 함께 해야 하느니라!"

"모?"

모피는 그래도 되는 건지 어리둥절해하며 비비의 방으로 향했다.

비비가 모피와 함께 방으로 들어간 뒤에 크루스가 찾아왔다.

"오늘은 몸은 많이 움직였네요~."

"그렇군."

"일찍 자고서 내일은 아침부터 마을로 달려갈까요."

"그래도 좋겠지……. 헌데 크루스."

"뭔가요?"

"왜 내 침대에?"

크루스가 자연스럽게 내 침대 안에 들어와 있었다.

방심할 새가 없다.

펨도 개의치 않고 침대에 누워 있다.

"낯선 곳에서 혼자 자려니 싱숭생숭해서."

"절대로 거짓말이군."

"거짓말이 아니에요~."

함께 자는 건 상관없다. 그러나 이곳은 경비병 처소 안에 있는 내 침대가 아니다.

내가 잘 수 있는 공간이 사라지고 말았다.

"두 사람과 한 마리가 자기에는 좁지 않나?"

[이대로는 알이 바닥에서 자야겠다.]

"어째서 내가 바닥에서 자야하는 거냐……."

펨이 후아암, 하고 하품을 크게 했다.

"어쩔 수 없네요~, 펨 짱, 더 바짝 좁혀봐."

[하는 수 없구만.]

그렇게 말하면서 공간을 만들어 줬다.

그래도 좁긴 하지만, 어떻게든 됐다.

모험가는 가혹한 환경에서 자는 것이 일상이다.

내가 시기와 함께 침대에 들어가니 크루스가 무릎을 만졌다.

"무릎은, 어떤가요? 마법을 상당히 사용했는데."

"상태는 꽤 좋아. 조금 아프기만 해."

"역시 전 사왕을 토벌하고, 체르 짱이 해주를 해준 덕분일까요."

"그런 것 같은데……."

크루스가 무릎을 어루만져 줬다. 시기도 함께 만지고 있다.

시기는 귀여울 뿐만 아니라 상냥하다.

"무릎이 다 나으면 일선으로 복귀할 건가요?"

"아니, 애당초 마왕을 쓰러뜨린 뒤에 은거할 예정이었거든."

모험가로서 약 20년 동안 사선을 넘나들며 살아왔다.

이제 쉬더라도 누가 뭐라고 할 수 있을까. 줄곧 그렇게 생각했다.

"게다가 마왕이 됐으니 공공연하게 활동하는 것도 좀."

"그렇구나~."

지금껏 크루스는 내 무릎을 치료하기 위해 줄곧 함께 해줬다.

아주 큰 신세를 졌다.

"크루스, 고마워."

"뭐가요?"

"무릎 속 돌이 성장하지 않도록 줄곧 곁에 있어 줬잖아?"

"아뇨, 아뇨, 저도 재밌었어요!"

이제는 돌이 성장하지 않는다. 그러니 나를 따라다닐 필요도 사라졌다.

그렇다면 크루스야말로 용사로 복귀할 건가?

"……이봐, 크루스. 원래 하던……."

"쿠울~."

크루스가 이미 잠들었다. 펨을 끌어안고 있다.

시기가 크루스의 머리를 부드럽게 만졌다.

"……와후."

펨이 조금 난처해하며 이쪽을 쳐다봤다.

그래서 나는 힘내라는 의미로 한 번 쳐다봐 준 뒤 잠에 들었다.

이튿날 우리는 아침밥을 먹고서 돌아가기로 했다.

식사를 마친 뒤 다 함께 비비의 방으로 불려갔다.

"이걸 보거라."

"피기?"

"이게 대체 뭡니까?"

체르노보크와 사제는 무엇인지 모르는 듯했다.

그러나 우리는 금세 알아차렸다. 전이 마법진이다.

"이건 말이지……."

비비가 자세하게 설명해 나갔다. 멋대로 설치해서 화가 나지나 않았을까 걱정이다.

"비비, 멋대로 설치……."

"아뇨! 아주 기쁩니다!"

"그렇겠지, 그렇겠지. 이 방 자체에도 방어 마법진을 단단히 걸어 뒀느니라."

비비가 가슴을 활짝 폈다.

체르노보크가 부들부들 떨었다. 무언가 할 말이 있는지도 모르겠다.

염화를 사용할 수 있도록 조치해 뒀다.

[고마워~.]

"아주 감사합니다."

"흠, 보안 등록 때문에 사제공이 바로 저쪽으로 넘어갈 수는 없다만……."

"그래도 감사합니다."

사제가 전이 마법진을 사용하려면 보안 등록을 해야만 한다.

그러기 위해서는 무르그 마을에서 교단으로 보안 단말기를 옮겨야 할 필요가 있다.

나는 다시금 전이 마법진의 존재를 비밀로 해야 하는 이유와 보안 시스템에 관해 설명했다.

사제가 진지한 표정으로 들었다.

그러고 나서 돌아갈 채비를 했다.

사제가 준비를 마친 우리에게 체르노보크를 맡겼다.

크루스가 넘겨받았다.

"체르 짱, 잘 부탁해~."

"피기~."

"주상을 부디 잘 부탁드리겠습니다."

"예. 맡겨 주세요."

사제가 대단히 아쉬워하는 눈치였다.

비비가 사제에게 말했다.

"마을에 도착하거든 전이 마법진을 설치할 테니 마음만 먹으면 금세 만날 수 있을 게야."

"그렇군요. 그럼 적적하지 않을 겁니다."

"핏피기!"

체르노보크가 힘차게 울었다.

우리는 사제를 두고서 귀로에 올랐다.

사제는 우리가 완전히 떠날 때까지 고개를 계속 숙이고 있었다. 저 사제가 있는 한 사신 교단은 분명 괜찮겠지.

펨을 비롯한 일행들과 함께 무그르 마을로 고속으로 달려갔다.

어제는 참 많이도 달렸다.

무르그 마을에서 교단으로 이동.

드래곤 좀비를 퇴치하기 위해 뒷산 등반. 전 사왕의 아지트로 이동.

더불어서 전투를 치를 때도 격렬하게 움직였다.

"어제는 많이 달렸는데…… 괜찮나? 안 피곤해?"

[어제 푹 잤더니 여유롭다. 펨은 마랑왕이다.]

"못모우!"

펨과 모피는 활기차다. 역시 마수답다.

말과 비교도 할 수 없을 만큼 체력이 뛰어나다.

"고맙군. 그래도 절대로 무리하면 안 된다? 급한 일도 없으니까."

"모우!"

[알고 있다!]

그리고 나는 크루스를 봤다.

크루스는 어깨에 체르노보크를 태우고서 달리고 있다.

"크루스도 괜찮나?"

"괜찮아요~. 요즘에 운동을 통 못한지라 아주 개운해요."

"크루스도 무리하지 마."

"예~."

"랏랴~."

시기쇼알라도 활기차다.

시기는 고속으로 이동할 때면 언제나 신이 난다.

나는 달리면서 크루스에 어깨에 타고 있는 체르노보크를 봤다.

슬라임의 감정은 겉모습만으로는 잘 알 수가 없다.

나는 염화를 사용할 수 있도록 조치한 뒤 체르노보크에게 말을 걸었다.

"체르."

[왜 그래?]

"염화 연습을 해보자."

[가능할까~?]

"아마도 가능할 거야. 어려운 마법도 아니고."

[펨도 가르쳐 주겠다.]

[열심히 해볼래~.]

그 이후에는 염화를 연습하면서 무르그 마을로 달렸다.

오후쯤 되니 무르그 마을이 시야에 들어왔다.

체르노보크에게 염화를 하는 법을 가르치면서 달리다 보니 시간이 조금 걸렸다.

도중에 휴식도 오랫동안 했다.

"체르. 저기가 무르그 마을이야."

[아름다운 곳이야~.]

"그리고 저 건물이 경비병 처소."

[처소~.]

체르노보크의 목소리에서 들뜬 기색이 전해졌다.

지금 나는 염화 마법을 사용하지 않았다.

체르노보크는 이미 염화를 마스터했다.

"간단한 마법이긴 하지만 엄청 빠르구나."

[와아~.]

칭찬을 듣자 체르노보크가 기뻐서 출렁출렁거렸다.

"평상시에 권속인 사제랑 염화 같은 기술로 의사소통을 해왔으니까."

"그래서 염화 기술을 일찍 터득할 수 있었다는 건가요?"

"아마도 그렇겠지. 힘을 불어넣는 요령 같은 게 비슷할 테니."

"그렇구나~."

크루스가 감탄하며 어깨 위에 있는 체르노보크를 쓰다듬었다.

"게다가 염화 자체는 간단한 마법이니까. 사도이니 그리 어렵지 않을지도 몰라."

"그럼 저도 사용할 수 있는 날이 올까요?"

"연습하면 아마도."

"연습해 볼까~."

[가르쳐 줄 테니 열심히 하는 거다.]

"못모우!"

염화를 쓸 줄 아는 마수들이 크루스를 북돋았다.

"나도 연습할래~."

[열심히 해.]

체르노보크도 크루스를 북돋았다.

"랏랴!"

시기쇼알라가 품 밖으로 얼굴만 꺼냈다. 분명 시기도 응원해 주고 있는 거겠지.

바로 그때 아직 작게 보이는 경비병 처소 문이 벌컥 열렸다.

그리고 인간 형태의 티미쇼알라가 얼굴을 내밀었다.

"시기쇼알라의 목소리가 들리는구나!"

"티미 씨, 헛들은 거예요. 안 들렸어요~."

"티미 언니, 오늘 아침에만 벌써 다섯 번째인데~?"

티미가 큰 목소리로 외치자 밀레트와 콜레트가 달랬다.

티미가 두리번거리다가 이쪽을 봤다.

"앗! 시기쇼알라!"

"랏랴~."

티미쇼알라가 달려왔다. 아주 빠르다.

얼굴이 너무 진지해서 조금 무서울 지경이다.

"오, 오. 티미쇼알라. 다녀왔어."

"어서 와라, 시기쇼알라! 잘 다녀왔나!"

티미가 내 인사를 가볍게 흘려버리고서 시기의 머리를 쓰다듬었다.

끌어안고 싶은 마음이 굴뚝같지만, 시기가 내 품속에 있다.

아마도 밖으로 꺼낼지 말지 고민하고 있겠지.

"시기, 이모한테 인사해."

"랴아."

시기가 품 밖으로 나가 두둥실 떠올랐다.

"시기쇼알라~. 오늘도 귀엽구나!"

"랏."

티미가 시기에게 뺨을 비볐다.

시기는 티미의 머리를 부드럽게 쓰다듬었다. 마음씨 고운 아이다.

우리는 티미와 함께 경비병 처소로 향했다.

"아찌."

"알 씨, 어서 오세요."

콜레트와 밀레트도 달려왔다.

콜레트의 머리를 쓰다듬어 줬다.

"다녀왔어."

"그 아이는?"

"물컹물컹!"

[잘 부탁해~.]
밀레트와 콜레트는 체르노보크가 마음에 든 모양이다.
거들떠도 보지 않는 티미와는 크게 상반된다.
"여기 서서 할 이야기는 아니니 처소 안으로 들어가자."
"알겠어!"
"여러분, 점심은 먹었나요?"
"그러고 보니 아직 안 먹었군."
"후후. 준비를 다 해놨어요."
밀레트가 말하자 비비를 비롯한 일행들이 눈빛을 반짝였다.
"고맙구나! 배가 고팠느니라."
"나도 엄청 고팠어~."
"못모!"
펨만 아무 말이 없었다. 마랑들 앞에서 배가 고프다는 이야기를 할 수가 없겠지.
그러나 꼬리를 붕붕 휘젓고 있었다.

티미쇼알라와 밀레트, 콜레트에게 지금가지 겪었던 일들과 체르노보크가 누군지 설명했다.
그 동안에 비비는 창고에 전이 마법진을 설치하러 갔다가 금세 돌아왔다.
"체르 짱, 사신의 사도였네요."
[잘 부탁해~,]

"비밀이야. 알려지면 유괴 당할지도 몰라."
"알겠습니다."
"알겠어!"
밀레트와 콜레트가 진지한 표정으로 고개를 끄덕였다.
티미는 시기를 쓰다듬고 있다. 마을에 돌아온 이후로 줄곧 시기를 안고 있다.
"사왕은 슬라임이었던가."
[잘 부탁해~.]
"티미는 무슨 일이 있었나?"
"대공 궁전으로 손님들이 찾아왔다. 고대룡 백작이나 자작 등이 말이지. 선물도 갖고 왔다."
"랴?"
"시기쇼알라는 아무 걱정도 하지 마라. 성가신 답례 같은 건 이 이모가 전부 해둘 테니까."
"랴아."
"착하구나, 착해. 고맙다니 이모로서 당연한 일이다."
티미와 시기는 사이가 아주 좋다. 바람직한 일이다.
그러고 있으니 루카와 유리나가 귀가했다.
"루카와 유리나 모두 오늘은 일찍 왔네."
"슬슬 돌아왔을 것 같아서 일찍 퇴근했어요."
"만약에, 중대한 사태가 벌어지기라도 하면 달려가야 하니까."
사왕을 만나러 갔으니 걱정했나 보다.

아주 고맙다.

나는 루카와 유리나에게도 어제 겪었던 일들을 설명했다.

"사왕이 슬라임이었을 줄이야."

"의외예요."

[잘 부탁해~.]

티미와 동일한 반응이다. 역시나 슬라임이 사왕이라고 누가 예상이나 할 수 있을까.

유리나가 내 왼쪽 무릎에 손을 댔다.

"무릎은?"

"덕분에 상당히 좋아졌어."

"어제 마법을 썼죠?"

유리나가 마법으로 무릎을 살펴봐 줬다.

"응. 돌은 생기지 않았네요."

"통증은 어때?"

루카도 걱정스레 내 무릎을 관찰했다.

"조금 아프긴 하지만 못 견딜 수준은 아냐."

"그렇군."

"체르노보크가 말하기를 '불사의 존재를 죽이는 화살'에 영혼이 손상되면 통증이 완전하게는 가시지 않는다더군."

"성가시게 됐네."

그 이야기를 듣고 있던 밀레트가 말한다.

"그래도 발작 같은 건 이제 일어나지 않겠죠?"

"아찌, 다행이네!"

"음. 고맙다. 여러모로 걱정을 끼쳤군."

"무릎 통증이 많이 나아졌고, 또 체르 짱도 새로 왔으니 축하회와 환영회를 겸해 저녁을 거나하게 먹도록 하죠!"

[기대돼~.]

체르노보크가 기쁜지 부들부들 떨었다.

저녁이 되자 버밀리에도 돌아왔다. 버밀리에에게도 경위를 설명하고서 저녁을 먹었다.

나는 뒷정리를 마친 뒤 티미쇼알라에게 물었다.

"사신은 어째서 좀비를 연구하던 마도사를 사도로 택한 거지?"

"모르겠군. 신의 생각을 헤아리는 건 시간 낭비다."

역시나 티미는 신의 의지는 신 말고는 아무도 모른다고 여기는 듯하다.

그 말을 듣고 있던 루카가 말했다.

"그래도 사신은 불사를 용납하지 않는 신이잖아? 그러니 무시무시한 좀비를 널리 퍼뜨려서 인간들한테 불사의 공포를 심어 주려고 했던 거 아냐?"

"그럴 듯하구나. 전 마왕과 마인왕한테 좀비화 기술을 가르쳐서 인간들한테 공포를 선사한 건 사실이니까."

"교훈을 주기 위해서가 아니었겠느냐……."

비비와 버밀리에가 루카의 의견에 동감했다.

"나의 가르침을 저버린 옛 사신의 사도에게 죽음을 내려라, 라고 했던가요?"

유리나가 내가 들려준 사신의 신탁을 입에 담았다.

정확한 표현은 '나의 가르침을 저버린 옛 사도에게 죽음을 내려라'다.

"즉, 좀비화 기술을 퍼뜨리거나 언데드를 연구하는 건 가르침을 저버리는 행위가 아니라는 거네요."

"그렇게 생각할 수도 있겠군."

"하지만 스스로 언데드가 되는 건 가르침을 저버리는 행위였기에 가호를 상실했다. 그렇게 생각하는 편이 자연스럽지 않을까요?"

유리나의 추측이 맞는 것 같다.

나는 체르노보크에게도 물어보기로 했다.

"체르는 어떻게 생각해?"

[음~, 모르겠어.]

"그래? 모르겠어?"

[응~.]

체르노보크가 조금 졸린 듯했다.

저녁 식사 때 체르노보크는 밀레트가 차린 음식들을 맛있게 먹었다.

배가 불러서 졸음이 몰려온 거겠지.

그런 점은 인간과 똑같은 것 같다. 신기하다.

티미쇼알라가 손가락으로 시기쇼알라에게 장난을 치면서 중얼거리듯 말했다.

“한 번 더 말하겠는데…… 신의 의지는 아무도 모른다고 생각하는 편이 낫다.”

“그런가.”

“신의 의지를 쉽게 짐작하려는 것 자체가 불경이겠지.”

“흠.”

“다 아는 것처럼 구는 것 역시 불경하다. 그런 짓을 하는 인간은, 아니, 고대룡조차 오만하다고 할 수 있다.”

그리고 내 눈을 쳐다봤다.

몹시 진지한 눈빛이었다.

“알라. 그대는 강하다. 허나 오만불손한 언동은 스스로를 망친다. 결코 잊어서는 안 된다.”

“명심할게.”

내가 대답하자 티미가 돌연 웃음을 지었다.

“시기쇼알라가 다 성장할 때까지 알라가 죽기라도 하면 곤란하니까!”

“랏랴!”

“이거 봐라, 시기도 죽지 말라고 하는군.”

“정말로 그렇게 말했나?”

티미가 시기의 말을 적당히 통역해 주고 있는 것 같았다.

“아니, 그게. 그거다. 아마도 그런 느낌이 들었다.”

"역시 적당히 꾸며낸 말이었군."

"랏라~."

티미 곁에 있던 시기가 내 앞까지 두둥실 날아왔다.

그리고 내 손에 몸을 비벼 댔다. 귀엽다.

나는 시기의 머리와 배를 마구 쓰다듬어 줬다.

"랴아!"

시기가 기뻐하며 외쳤다.

내가 시기와 놀고 있으니 크루스가 루카에게 물었다.

"루카, 체르 짱은 어떤 슬라임일까?"

"으~음. 글쎄~. 파란색이니 블루 슬라임이겠지? 체르, 뭔가 특수 능력을 갖고 있어?"

[몰라~.]

체르노보크가 출렁출렁거리며 말하자 내가 대신 루카에게 알려줬다.

"체르는 초강력한 턴 언데드를 구사할 수 있어. 그리고 오늘 염화를 구사하는 법도 터득했지."

"그렇구나……."

루카가 생각에 잠겼다. 두 손으로 체르노보크를 주물럭거리고 있다.

"피기이피기이."

체르노보크가 목소리를 높였다. 왠지 기분이 좋은 듯한 목소리다.

마사지처럼 느끼고 있는지도 모르겠다.

"슬라임은 겉모습과 능력으로 분류할 수가 있어."

"오호."

"겉모습에 따라 분류해보자면 블루 슬라임, 그린 슬라임 등으로 나뉘지."

겉모습에 따른 분류라기보다는 그냥 색깔 구분이다.

슬라임 자체가 부정형이라서 어쩔 수 없는지도 모르겠다.

"능력에 따라서는 어떻게 분류할 수 있지?"

"애시드 슬라임이나 포이즌 슬라임, 플레임 슬라임, 프리즌 슬라임 등등."

설명을 듣고 있던 크루스가 말했다.

"종류가 아주 많구나~. 몰랐어."

"애시드와 포이즌을 제외한 나머지는 아무 드물긴 하지만."

"체르 짱은 산이나 독 같은 걸 사용할 줄 알아?"

[쓸 수 없어~.]

"화염이나 얼음 같은 건 사용할 줄 알아~?"

[쓸 수 없어~.]

"그럼, 블루 슬라임……인가?"

"그냥 블루 슬라임?"

"아마도."

루카가 그렇게 말했지만, 조금 석연치 않은 부분도 있다.

"전 사왕이 일개 블루 슬라임을 실험용 마수로 사육하나?"

"그 점은 이상하긴 하네. 체르, 뭔가 들은 거 없어?"

[으~음. 생명력이 높다고 했어~.]

"그렇구나. 알겠어."

루카가 만족스레 고개를 여러 번 끄덕였다.

"블루 라이프 슬라임이네!"

"그건 어떤 슬라임이야?"

"파랗고 내구력이 이상하리만치 높은 슬라임이야. 마수 랭크는 B야."

"B랭크 마수라. 체르는 강하구나."

"피기~."

체르노보크가 울었다. 왠지 기뻐하는 듯하다.

체르노보크와 아이들

체르노보크가 무르그 마을에 온 날 밤.

저녁밥을 먹고서 다 함께 여러모로 이야기를 나눈 뒤 알프레드는 유리나에게 무릎을 진찰받았다.

상태가 괜찮은 것 같아서 모두가 안심했다.

한편 체르노보크는 콜레트에게 안겨 있었다.

“체르 짱!”

“피기이?”

“놀자.”

“피이!”

“시기 짱도 놀자.”

“랴아.”

콜레트는 체르노보크와 시기쇼알라를 데리고서 식당에서 거실로 갔다.

콜레트는 거실에서 자주 놀곤 한다. 그래서 장난감도 놓여 있다.

“뭘 하고 놀까~?”

콜레트가 장난감 상자를 끌면서 물었다.

“피기이…….”

체르노보크가 골똘히 생각하듯 출렁출렁거렸다.

[고민돼.]

"그래~? 시기 짱은?"

"랏랴!"

시기는 딱히 아무 생각이 없는지 즐겁게 날개를 파닥거렸다.

시기는 그냥 콜레트와 체르노보크와 함께 있는 것만으로도 즐겁다.

시기가 장난감 상자 속으로 머리를 집어넣었다.

"랏랴야."

그리고 시기는 콜레트가 크루스에게서 받은 멋진 막대기를 꺼냈다.

"시기 짱, 그거 갖고 놀고 싶어?"

"랏랴."

시기가 신나게 막대기를 휘둘렀다.

바닥을 툭툭 두드리면서 날개를 신나게 파닥거렸다.

시기가 휘두른 막대기가 탁자 위에 놓여 있는 꽃병을 때려 넘어뜨렸다.

——뉴웅.

"으앗."

콜레트가 화들짝 놀랐다.

"랏아!"

시기도 놀라서 굳어 버렸다.

꽃병이 깨지지 않은 이유는 그저 운이 좋아서가 아니다.

체르노보크가 자기 몸으로 받아 냈기 때문이다.
"체르 짱, 고마워."
"피기이~."
인사를 받자 체르노보크가 기뻐하며 출렁출렁거렸다.
콜레트가 꽃병을 탁자 위에 돌려놓으면서 시기를 혼냈다.
"시기 짱, 난동을 부리면, 안 돼!"
콜레트는 시기보다 나이가 많아서 종종 혼내곤 한다.
"……랴아."
혼이 난 시기가 풀이 죽어 반성했다.
"시기 짱, 체르 짱한테 고맙다고 인사해야지."
"랴."
"피기이!"
과연 시기가 고맙다고 인사를 했는지는 알 수가 없다.
그러나 체르노보크가 기뻐하며 바들바들거렸다.
콜레트도 만족스레 고개를 여러 번 끄덕였다.
"시기 짱, 인사도 할 줄 알다니 착하네."
콜레트가 시기와 체르노보크를 부드럽게 쓰다듬었다.
"으~음. 맞다, 체르 짱, 시기 짱. 나무 쌓기 놀이를 하자.
콜레트가 제안했다.
"피기피깃."
"랴아!"
체르노보크와 시기도 찬성했다.

"멋지게 만들어 내는 사람이 승리!"

"피이!"

"랴아!"

콜레트는 나무 도막을 쌓아서 탑을 만들려고 했다.

"피기!"

체르노보크는 나무 도막을 옆으로 늘어놓았다.

"랴? 랴?"

시기는 나무 도막을 안고서 빙글빙글 돌고 있다.

그리고 입에 물었다. 맛을 확인하고 싶었나 보다.

"시기 짱, 물면 안 돼."

"랴음."

콜레트와 시기가 그러는 동안에도 체르노보크는 담담히 늘어놓았다.

"체르 짱, 그게 뭐야~?"

[성.]

나무 도막을 옆으로 늘어놔서 성벽을 표현한 듯하다.

"우와~, 체르 짱, 대단해."

"피기이."

"랴아!"

시기가 콜레트가 쌓아올린 나무 도막 위에 탔다.

"시기 짱, 안 돼~. 무너지잖아!"

"랴아?"

"시기 짱도 쌓는 걸 도와줘~."

"랏랴!"

"체르 짱의 성에다가 콜레트의 탑을 붙이자!"

"피이!"

콜레트와 시기와 체르노보크는 다 함께 '멋진 탑'을 만들기 시작했다.

당초에 멋지게 만든 사람이 승리라고 했던 규칙은 어느새 흐지부지됐다.

"랏랴아!"

"피기피이."

"이렇게 하면 멋있어!"

그래도 셋 모두 즐겁게 만들어 나갔다.

세 아이가 한동안 나무 쌓기 놀이에 심취해 있으니…….

"모?"

모피가 비비를 태운 채로 다가왔다.

"이 몸은 욕조에 들어갈 생각인데 콜레트와 너희들도 함께 어떠냐?"

"앗, 모피, 사천왕~! 우리 지금 바쁘니까 목욕은 이따가~."

"음음? 나무 쌓기 놀이더냐?"

"그래. 멋진 걸 만들고 있어~."

"랴!"

"피이!"

콜레트가 말하자 시기와 체르노보크도 의기양양해했다.

그러나 체르노보크는 슬라임이라서 표정으로 잘난 척을 할 수가 없다.

그런 느낌으로 몸을 떨기만 할 뿐이다.

"사천왕이랑 모피도 할래~?"

"오호? 구 마왕군 사천왕인 이 몸이 가세하면 이제는 놀이가 아니게 될 거다."

"사천왕, 멋있어~!"

"랏랴!"

비비가 말하자 콜레트와 시기가 흥분하여 까불었다.

반응이 좋아서 비비도 기뻐하며 가슴을 활짝 폈다.

"후후후. 그렇지, 그렇지."

"모우?"

그리고 모피는 두 사람의 대화를 보면서 고개를 갸웃거렸다.

그 후에는 비비와 모피도 가세하여 '멋진 탑'을 만들기 시작했다.

비비는 시기와 함께 주로 탑 부분을 만들었다.

"으~음, 별로인 것 같아. 그치, 시기 짱?"

"……랴아."

모양새에 만족하지 못하는 둘을 보고서 비비가 우쭐해하는 얼굴로 말했다.

"그런 경우에는 이렇게 하는 것이니라!"

"우와, 대단해~."

"랏랴!"

"그렇지, 그렇지."

한편 모피는 체르노보크와 함께 성 부분을 만들어 나갔다.

"모."

"피기."

모피는 능숙하게 입으로 나무 도막을 물어다가 늘어놓았다. 체르노보크와의 호흡도 척척 맞아 떨어졌다.

한동안 즐겁게 '멋진 탑'을 건축하던 다섯 명의 손이 멈췄다.

"나무 도막이 없어."

"재료가 부족하구나."

"……랴아."

"……피기."

"……모우."

마수들이 대놓고 실망하자 비비가 말했다.

"염려할 필요 없느니라. 이 몸한테 맡기도록 해라!"

"사천왕, 어쩔 건데?"

"후후. 이렇게 하면 되느니!"

비비가 근처에 있던 탁자를 옮겼다.

"영차……, 무겁구나."

"못."

"모피, 고맙구나!"

모피의 도움을 받으며 탁자를 원하는 위치에 옮겼다.

"이렇게 나무 도막 말고 다른 물건을 이용해서도 만들 수 있느니라!"

"사천왕~, 대단해!"

"랴아랴아랴아!"

"피기피기이!"

"못모!"

모두가 칭송하자 비비는 기분에 흠뻑 취했다.

그 후로는 다 함께 탁자까지 동원하여 '멋진 탑' 만들기에 매진했다.

재료가 부족하면 주변에 있는 꽃병 등 집기들도 활용했다.

'멋진 탑'을 순조롭게 건설하던 도중에 콜레트가 말했다.

"아, 좋은 생각이 떠올랐다!"

"오호? 한 번 해보거라."

콜레트가 부엌에 가서 냄비를 가져왔다.

"이걸 여기에 두면 멋있어."

"오오! 멋있구나!"

"랴아!"

그 후로는 부엌이나 다른 방에서도 재료를 조달하여 건축을 진행했다.

모두가 애쓴 덕분에 '멋진 탑'이 실제로 멋들어지게 만들어졌을 즈음…….

"체르 짱, 좋아하는 음식이랑 싫어하는 음식을 알려……."

밀레트가 거실에 들어와 그 참상을 목격하고는 할 말을 잃었다.

체르노보크가 기뻐하며 밀레트에게 달려와 출렁출렁거렸다.

"피이기이……."

체르노보크가 잠시 생각하고서 말했다.

[과자! 좋아~. 싫어하는 건 먹을 수 없는 것!]

"그, 그렇구나. 고마워. 근데 이 상황은 대체?"

"으, 으음~."

"콜레트, 냄비 같은 걸 멋대로 가지고 놀면 안 되잖니?"

"언니, 미안해."

"……랴아."

"피이기."

"모오."

마수들도 풀이 죽었다.

"비비 짱도……. 안 되잖아요."

"아, 아니다. 이, 이건 멋진 탑을 만들기 위해서 필요한 행위였느니라."

비비가 황급히 변명했다.

"모, 모오우."

무슨 영문인지 모피가 밀레트의 손을 물었다.

"모피 짱, 화 안 났으니까 괜찮아."

분노를 가라앉히기 위해서 모피가 손을 물었다고 밀레트는 짐작한 듯하다.

"랴아."

시기도 모피의 등에 타고서 고개를 숙였다.

"시기 짱도……. 화 안 났으니까 괜찮은데?"

그리고 밀레트가 웃으며 말했다.

"자아, 장난감을 빼고는 원래 위치에 다시 갖다 놓으세요. 나도 도울 테니까."

"예!"

"랴!"

"피기!"

"못."

"다 마치고서 다 함께 욕조에 들어가요~."

"응, 들어갈래!"

"랏랴!"

"피기피깃."

"모우모우!"

아이들이 모두 신나게 정리하기 시작했다.

작가 후기

이 책을 구입해 주셔서 감사합니다.

저자인 에조긴기츠네입니다.

자, 이번 5권에서는 주인공, 최강의 마도사인 알프레드 씨의 무릎에 새로운 전개가!

그리고 시기쇼알라가 자신의 궁전에 돌아가기도 합니다.

그나저나 지난달, 2019년 9월에 아베노 챠코 선생님께서 맡아 주신 「여기는 내게 맡기고 먼저 가라고 말한 지 10년이 지났더니 전설이 되어 있었다」 만화판 1권이 발매되었습니다.

아주아주 재밌으니 모쪼록 잘 부탁드리겠습니다.

만화판이라고 하니 본서 「최강 마도사. 무릎에 화살을 맞아서 시골 경비병이 되다」 만화판도 대호평 발매 중입니다.

아야노 마사키 선생님께서 그리신 비비가 굉장히 귀엽습니다. 그리고 밀레트도.

펨도 대단히 멋있고 귀엽습니다!

아직 읽지 않으신 분들은 꼭꼭 읽어보시길 바라겠습니다.

마지막으로 감사 인사를 올리겠습니다.

일러스트레이터 TEDDY 선생님. 늘늘 멋진 그림을 그려주셔서 감사합니다.

히로인들이 늘 귀엽습니다! 감사합니다.

털복숭이들도 귀엽고, 또 멋있어서 기쁘기 그지없습니다.

기후 중일문화센터 '오락소설강좌'의 스즈키 키이치로 선생님. 늘 감사합니다.

담당 편집자님을 비롯하여 편집부 직원 여러분, 영업부 및 다른 부서 직원 여러분, 늘 감사합니다.

책을 팔아주시고 계신 서점 직원 여러분도 감사합니다.

그리고 독자 여러분. 감사합니다.

……바라건대 다음 권에서 뵐 수 있다면 더할 나위 없는 행복이겠습니다.

2019년 9월 에조긴기츠네

최강 마도사. 무릎에 화살을 맞아서 시골 경비병이 되다 5

2024년 1월 15일 1판 1쇄 발행

저 자 | 에조긴기츠네
일러스트 | TEDDY
옮 긴 이 | 박춘상
발 행 인 | 유재옥
이 사 | 조병권
출판본부장 | 박광운
담당편집 | 정지원
편집 1 팀 | 박광운 최서영
편집 2 팀 | 정영길 조찬희 박치우 정지원
편집 3 팀 | 오준영 이해빈 이소의
디자인랩팀 | 김보라 박민솔
디지털사업팀 | 박상섭 김지연 윤희진
라이츠사업팀 | 김정미 맹미영 이윤서
영업마케팅팀 | 최원석 박수진
물 류 팀 | 허석용 백철기
경영지원팀 | 최정연
발 행 처 | (주)소미미디어
인쇄제작처 | 코리아피앤피
등 록 | 제2015-000008호
주 소 | 서울시 마포구 토정로 222, 403호(신수동, 한국출판콘텐츠센터)
판 매 | (주)소미미디어
전 화 | 편집부 (070)4164-3962, 3963 기획실 (02)567-3388
판매 및 마케팅 (070)8822-2301, Fax (02)322-7665

ISBN 979-11-384-8153-3 04830
ISBN 979-11-6389-977-8 (세트)